오 즈 나 라 와 주 변

장미왕국

이브나라

바퀴인간

링키팅크

놈왕

우가부

다람쥐왕

양철나무꾼

윙키의 나라

폴리크롬

팜파즘

죽음의 사막

진실의 연못

까마귀

휨지

꿈의 왕국

도튼햇

글로으레이워그

식물왕국

보우 계곡

갈고일의 나라

스쿠들러

들

익스왕조

틱톡과 빌리나

THE ROAD TO OZ

노랜드와
매리랜드

건널 수 없는 사막

닉키딕
마법사의
동굴

날개달린
원숭이

엉청한
옴뼈미와
현명한
당나귀

길리킨의 나라

옴비할머니

도로시의 집이
떨어진곳

옥마

들쥐여왕

흐르는 모래사막

하이랜드

뭉크킨의 나라

워글
벌레
대학

겁쟁이
사자를
만난곳

에메랄드시

어수아비가
서있던
옥수수밭

바니베리

양귀비꽃밭

로랜드

글린다성

도자기인형들

누더기
소녀

번베리

망치머리사람들

오조

버즈숲

거대하고 쓸쓸한 사막

힐랜드

던킨톤

폭스빌

오즈의 오즈마 공주

L. 프랭크 바움 지음 / 최인자 옮김

문학세계사

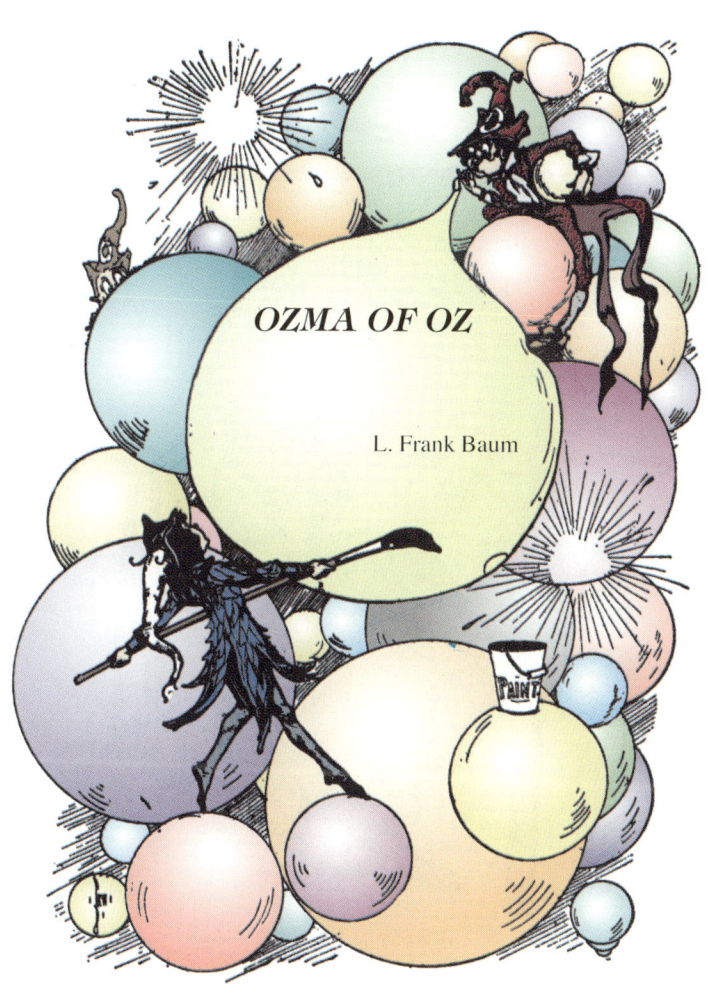

OZMA OF OZ

L. Frank Baum

□ 작가 바움의 편지
새로운 오즈 이야기

나의 어린 친구들은 『환상의 나라 오즈』를 읽은 후, 줄곧 새로운 오즈 이야기를 기다려 왔습니다. 수많은 어린이들이 나에게 편지를 보내서 '도로시에 대해서 더' 알고 싶다고 부탁하며 이렇게 물었습니다. "겁쟁이 사자는 어떻게 됐나요?", "오즈마는 그 후에 어떻게 됐어요?" 당연히 오즈마 공주는 오즈의 왕이 되었답니다.

　어떤 어린이들은 나에게 이런 의견을 보내 왔습니다. "도로시를 다시 오즈의 나라로 가게 해 주세요." 또한 이런 의견도 있었습니다. "왜 선생님은 도로시와 오즈마가 만나서 즐겁게 놀 수 있도록 하지 않나요?" 그래서 나는 어린 친구들의 부탁을 들어주기로 마음먹었고 앞으로도 어린이들이 즐거워하기만 한다면 열두 권이라도 더 쓸 작정입니다.

　이 책에는 '도로시에 대해서 더' 많은 것이 나와 있고 우리의 옛 친구들인 허수아비와 양철 나무꾼, 겁쟁이 사자와 오즈마, 그밖에 수많은 다른 인물들이 등장합니다. 또한 기묘하고 색다른 새로운 종족들도 나옵니다. 이 이야기가 책으로 출판되기 전에 원고를 읽은 한 어린이가 나에게 이런 말을 했습니다. "빌리나야말로 정말 오즈다워요, 그리고 틱톡과 배고픈 호랑이도요."

　그 어린이의 생각처럼 많은 독자들이 이 새로운 이야기에서 "정말로 오즈다운 동화"라는 느낌을 받게 된다면 나는 무척 기쁠 것입니다. 그리고 아마도 어린이들로부터 『오즈의 오즈마 공주』를 너무나 재미있게 읽었다는 편지를 받게 되겠지요. 나는 그런 순간이 오기를 손꼽아 기다리겠습니다.

L. 프랭크 바움

여기는 신기한 나라
이브입니다.
오즈마 공주와 도로시를
환영합니다.
여러분 모두를 환영합니다.

오즈의
오즈마 공주

◆차 례◆

1
닭장 안의 소녀

바람이 거세게 불어오자, 잔잔했던 바닷물이 출렁거리며 잔물결을 일으켰다. 쉴새없이 계속되는 바람 때문에 잔물결은 파도로 바뀌었고 마침내 소용돌이치는 큰 파도가 몰아치기 시작했다. 집채만한 파도가 넘실거렸다. 당장이라도 집어삼킬 듯이 덤벼드는 파도는 커다란 나무만큼이나 높고 산만큼이나 거대해 보였다. 거대한 파도들이 일으키는 소용돌이의 아래쪽은 험한 계곡처럼 깊어 보였다.

　이렇게 미친 듯이 파도가 몰아치는 것은 무엇 때문인지 기분이 나빠진 바람이 무서운 폭풍을 일으켰기 때문이었다. 심술궂은 폭풍은 곤란하고 위험한 일을 만들곤 했다.

바람이 불어오기 시작했을 때, 배 한 척이 멀리 바다 위에 떠 있었다. 거세게 출렁거리는 파도와 함께 배는 점점 더 심하게 위아래로 오르락내리락 흔들리면서 이쪽 저쪽으로 기울어졌다. 거센 파도에 휩싸인 배가 마구 흔들리자, 선원들까지도 바람에 휩쓸리거나 바닷물 속에 거꾸로 떨어지지 않기 위해서 밧줄을 꽉 붙잡거나 배의 난간에 매달려야만 했다.

두터운 먹구름이 잔뜩 끼어 있는 하늘에는 햇빛 한 줄기 보이지 않았다. 주위는 온통 한밤중처럼 어두컴컴했고 폭풍은 더욱더 사나워졌다.

하지만 선장은 조금도 두려워하지 않았다. 선장은 이전에도 여러 차례 폭풍을 만났었고 그때마다 그의 배는 안전하게 폭풍 속을 빠져나온 경험이 있었던 것이다. 그렇지만 승객들이 갑판 위에 서 있는 것은 위험했다. 그래서 선장은 모든 승객들을 선실로 내려보냈다. 그리고 폭풍이 잠잠해질 때까지 동요하지 말고 꿋꿋이 참고 견딘다면 모든 일이 다 잘될 것이라고 안심을 시켰다.

그 배의 승객들 중에는 도로시 게일이라는 이름을 가진 캔자스주에 사는 어린 소녀가 한 명 있었다. 도로시는 헨리 아저씨와 함께 한번도 만난 적이 없는 친척들을 방문하기 위해서 오스트레일리아로 가는 중이었다. 헨리 아저씨는 건강이 매우 안 좋았다. 아저씨는 캔자스에 있는 농장에서 너무나 열심히 일을 했기 때문에 건강이 나빠졌고 많이 쇠약해져 있었다. 그래서 아저씨는 먼 오스트레일리아에 있는 친척들을 방문하고 휴양을 하기 위해서 여행을 떠나게 된 것이다. 그리고 자신이 농장을 비우는 동안 농장 일꾼들을 감독하고 농장을 돌보기 위해서 엠 아주머니를 농장에 홀로 남겨 두었다.

도로시는 무척이나 아저씨를 따라서 여행을 떠나고 싶었다. 헨리 아저씨도 도로시가 긴 여행길에 좋은 친구가 되어 줄 것이라고 생각했다. 비록 나이는 어리지만, 도로시는 아주 경험이 풍부한 여행자였다. 이전에 회오리바람에 실려서 신기한 오즈의 나라라는 아주 먼 곳까지 간 적도 있었다. 그리고 다시 캔자스로 돌아올 때까지 소녀는 이상한 나라들에서 아주 많은 모험을 겪었다. 그렇기 때문에 도로시는 무슨 일이 일어나든지 쉽게 놀라지 않았다. 바람이 세차게 윙윙거리고 커다란 파도가 무섭게 달려들었지만 어린 소녀는 조금도 당황해 하지 않았다.

소녀는 헨리 아저씨와 다른 승객들에게 말했다.

"절대로 선실 밖으로 나가지 마세요. 폭풍이 사라질 때까지 이곳에서 기다리셔야 해요. 선장님 말씀이 갑판 위로 나가면 바람에 휩쓸려서 바닷물 속에 빠질 수가 있대요."

물론 누구도 그런 위험한 일을 당하고 싶지는 않았다. 그래서 승객들은 어두운 선실 안에 모여 앉아서 폭풍이 우르릉거리는 소리와 돛대가 삐걱거리는 소리에 귀를 기울였다. 배가 한쪽으로 기울어질 때마다, 선원들이 배가 난파되는 것을 막기 위해서 돛을 움직이는 소리가 들려왔다.

그런데 문득 헨리 아저씨의 모습이 보이지 않았다. 아저씨를 찾기 위해서 자리에서 일어서던 도로시는 하마터면 선실 바닥에 쓰러질 뻔했다. 도대체 아저씨가 어디에 간 것인지 알 수가 없었다. 아저씨는 건강이 매우 좋지 않았으므로 도로시는 은근히 걱정이 되기 시작했다. 그리고 혹시 갑판 위로 나간 것은 아닐까 덜컥 겁이 났다. 만약 아저씨가 갑판 위로 나갔다면 큰일이었다. 서둘러 선실로 내려오지 않는다면 아저씨는 커다란 위험에 빠질 수도 있었다.

사실 그때 헨리 아저씨는 몸이 불편해서 선실의 침대에 누워 있었다. 그런 사실을 모르는 도로시의 머리 속은 온통 헨리 아저씨에 대한 걱정으로 가득 찼다. 엠 아줌마는 도로시에게 헨리 아저씨를 잘 돌봐 드리라고 신신당부를 했던 것이다. 도로시는 당장 갑판으로 올라가서 아저씨를 찾아보아야겠다고 마음먹었다.

도로시는 갑판으로 나가는 계단을 기어올라갔다. 갑판에 올라가자마자, 바람이 맹렬하게 도로시에게 달려들었다. 하지만 세찬 바람을 맞으며 도로시는 왠지 가슴이 뛰는 흥분을 느꼈다. 도로시는 배의 난간을 꼭 붙들고 어두컴컴한 주위를 두리번거렸다. 그때 조금 떨어진 돛대 위에 올라가 있는 남자의 희미한 모습을 본 듯했다.

분명히 아저씨일 거야. 도로시는 있는 힘을 다해서 큰 소

리로 아저씨를 불렀다.

"헨리 아저씨! 헨리 아저씨!"

그러나 바람이 너무나 거세게 윙윙 소리를 내며 불어왔기 때문에 도로시의 목소리는 크게 들리지 않았다. 그 남자도 도로시의 목소리를 듣지 못한 것이 분명했다. 그 남자는 꼼짝도 하지 않았다.

도로시는 자신이 아저씨에게 가야 한다고 생각했다. 잠시 폭풍이 잠잠해진 틈을 타서 갑판 위에 밧줄로 묶어 놓은 커다랗고 네모난 닭장이 있는 곳으로 달려갔다. 간신히 닭장이 있는 곳까지는 도착할 수 있었지만, 곧 도로시는 함석을 댄 닭장 모서리를 힘껏 붙잡아야만 했다. 조그만 여자아이가 감히 대항하는 것에 화가 난 듯이 갑자기 바람이 훨씬 더 거세졌기 때문이었다.

바람은 날카롭게 윙윙 소리를 내면서 분노한 거인처럼 닭장을 묶어둔 밧줄을 끊어버렸다. 그리고 도로시가 매달려 있는 닭장을 하늘 높이 날려 버렸다. 닭장은 공중에서 몇 바퀴를 돌고 이리저리 날려 다니다가 잠시 후 먼 바다 위의 큰 파도 속으로 떨어졌다. 파도는 마치 너무나 재미있는 놀이를 하는 것처럼 계속해서 닭장을 파도 위로 높이 밀어 올렸다가는 깊은 물결 속으로 처박는 일을 반복했다.

당연히 도로시도 물 속에 잠겼지만 전혀 당황하거나 놀라지 않았다. 도로시는 닭장을 단단히 붙들고 물 밖으로 얼굴을 내밀었다. 바람 때문에 닭장 지붕이 떨어져나가고 불쌍한 닭들이 마치 깃털 덩어리처럼 사방으로 날려 가는 것이 보였다. 닭장 바닥은 두꺼운 판자로 만들어져 있었고 양 옆에는 함석 조각이 대어져 있었다. 그래서 도로시는 뗏목을 타듯이 자신이 닭장 위에 올라탄다고 해도 닭장이 무게를 잘 견뎌낼 수 있을 거라고 생각했다. 도로시는 머리 위를 덮치는 물살과 싸우며 닭장 위로 기어올라가 마침내 나무로 만든 단단한 닭장 바닥 위에 올라섰다. 생각한 대로 닭장은 도로시가 탈 수 있을 만큼 충분히 튼튼했다.

도로시는 중얼거렸다.

"어쨌든 내 배가 생긴 셈이야."

도로시는 갑작스럽게 닥쳐온 새로운 상황에 겁을 먹는 대신 오히려 즐거워하는 것처럼 보였다. 그리고 닭장이 파도 위로 높이 치솟을 때마다 아저씨가 타고 있는 배가 근처에 있는지 열심히 사방을 둘러보았다.

저기 멀리, 아주 멀리 배가 보였다. 어쩌면 배를 타고 있는 사람들은 아직도 도로시가 실종된 것을 모르고 있을 것이다. 그리고 도로시의 이상한 모험에 대해서도 모르고 있을 것이다.

닭장이 다시 파도 속으로 곤두박질쳤다가 파도 위로 밀려 올라왔을 때, 도로시는 아주 멀리 떨어진 곳에서 마치 장난감 배처럼 점점 작아지고 있는 배를 발견했다. 배는 금세 눈앞에서 사라졌고 도로시는 혼자 남겨진 헨리 아저씨를 생각하고 깊은 한숨을 쉬었다. 그리고 앞으로 무슨 일이 일어날지 궁금해하기 시작했다.

이제 도로시는 두꺼운 나무판자 바닥과 함석 조각을 댄 허술한 닭장에 몸을 의지한 채, 거대한 바다에서 출렁이는 파도와 싸워나가야만 했다. 거센 물살이 쉴새없이 밀려왔다가 밀려갔고 도로시는 온몸이 흠뻑 물에 젖었다. 게다가 점차 배가 고프기 시작했지만, 닭장 안에는 먹을 게 하나도 없었다. 마실 물도 없었고 갈아입을 마른 옷도 없었다.

도로시는 크게 소리쳤다.

"그래, 좋아! 도로시 게일, 네가 있는 곳은 작은 상자 안이야! 그런데 난 어떻게 여기서 나가야 하는지 도무지 알 수가 없어!"

도로시를 더욱 곤란에 빠뜨리려는 듯이 밤이 깊어지면서 머리 위의 회색 구름은 잉크색의 검정빛으로 변했다. 하지만 바람은 이제 실컷 심술을 부렸다고 생각했는지 잠잠해졌고 다른 장난거리를 좇아서 어디론가 가버렸다. 그러자 파도도 더 이상 거세게 치지 않고 잔잔하게 물결을 따라 흘러가기 시작했다.

폭풍이 사라진 것은 도로시에게는 그나마 다행한 일이었다. 그렇지만 아무리 도로시처럼 용감한 아이라고 해도, 먹을 것도 물도 없는 상황에서는 괴로워하지 않을 수 없었다. 만약 다른 아이들이 도로시와 같은 처지가 되었다면 분명히 소리를 내어 울면서 절망에 빠졌을 것이다. 그러나 도로시는 이전에 아주 많은 모험을 겪었고 훌륭하게 어려움을

헤쳐 나왔기 때문에, 지금 당장 좋은 생각이 떠오르지 않는다고 해서 두려워하지는 않았다.

차츰 차츰 먹구름이 밀려나면서 푸른 하늘이 모습을 나타냈다. 부드러운 은빛 달과 작은 별들이 도로시의 머리 위에서 하나 둘 반짝거렸다. 닭장은 더 이상 심하게 흔들리지 않았다. 마치 요람을 흔드는 것처럼 잔잔하게 흘러가는 물결 위를 둥실둥실 떠다녔다. 이제는 바닷물이 닭장으로 흘러들어오지도 않았다. 고요해진 바다를 보자 도로시는 갑자기 피곤이 몰려오는 것을 느꼈다. 다시 기운을 내기 위해서는 잠을 자는 것이 가장 좋은 방법이었다. 도로시는 바닷물에 젖은 옷을 비틀어서 짰다. 다행히도 그날 밤은 기온이 따뜻했으므로 도로시는 추위를 느끼지 않았다.

도로시는 닭장 한구석에 쪼그리고 앉아서 닭장 벽에 등을 기댔다. 눈을 감기 전에 도로시는 별들에게 인사를 했다. 그리고 금방 잠에 빠져들었다.

2
노란 암탉

도로시는 이상한 소리에
잠을 깼다. 새벽이었고 맑은
하늘에서는 태양이 환하게
빛나고 있었다. 도로시는 다시
캔자스로 돌아가 있는 꿈을 꾸었다.
꿈속에서 도로시는 헛간에서 송아지들과 돼지, 그리고 닭
들과 함께 즐겁게 놀고 있었다. 눈을 비비면서 도로시는 아
직 꿈에서 깨지 못하고 자신이 헛간에 있다고 생각했다.

　"꼬꼬꼬, 꼬꼬댁! 꼬꼬꼬, 꼬꼬댁!"

　그때 다시 이상한 소리가 도로시를 정신이 번쩍 들게 했

다. 이건 분명히 암탉이 꼬꼬댁거리는 소리였다. 도로시는 눈을 크게 떴다. 함석 틈새로 이제 조용해진 푸른 바다가 보였다. 그러자 너무나 위험하고 힘들었던 지난밤의 기억이 다시 밀려왔다. 동시에 폭풍에 휘말렸던 기억과 함께 지금 자신이 언제 어떻게 변할지 알 수 없는 바다 위를 떠다니고 있다는 것을 깨달았다.

"꼬꼬꼬, 꼬꼬댁!"

"이게 뭐야?"

도로시는 비명을 지르면서 벌떡 일어섰다.

"내가 막 달걀을 낳았어, 그것뿐이야."

작지만 날카롭고 뚜렷한 목소리가 대답을 했다. 도로시는 두리번거리다가 닭장의 반대쪽에 웅크리고 앉아 있는 노란 암탉을 발견했다.

도로시는 깜짝 놀라면서 소리를 쳤다.

"어머나! 너도 여기 밤새도록 함께 있었니?"

"물론이야."

암탉은 대답을 하면서 날개를 퍼덕거리고 하품을 했다.

"닭장이 배에서 바람에 날려갈 때 나는 이 구석에 딱 붙어서 발톱과 부리로 꼭 매달려 있었어. 바닷물에 빠지면 꼼짝없이 물에 빠져 죽어야 할 테니까 말이야. 사실 거의 물에 빠져 죽을 뻔했지. 파도가 나를 덮쳤거든. 그렇지만 운 좋게도 나는 닭장 안에서 살아남았지 뭐야!"

도로시는 고개를 끄덕거렸다.

"그래. 한동안은 정말 완전히 물에 잠겨 있었어. 하지만 지금은 좀 나아지지 않았니?"

"조금은 좋아졌어. 태양이 네 옷과 내 깃털을 말리는 데 도움이 된 데다가 알을 낳고 나니까 기분이 훨씬 좋아졌어. 하지만 나는 알고 싶어. 이렇게 넓은 바다 위에 떠 있는데 앞으로 우리는 어떻게 될까?"

암탉이 물었다.

"나도 그걸 알고 싶어. 그런데 우선 나에게 말해봐. 너는 어떻게 말을 할 수가 있니? 나는 닭들은 모두 꼬꼬댁 소리만 내는 줄 알았어."

노란 암탉은 친절하게 대답을 해주었다.

"아, 어떻게 된 거냐면 말이야. 내가 정확히 기억하는데 오늘 아침이 되기 전만 해도 나는 평생 동안 꼬꼬댁 소리만 낼 줄 알았지 말은 한 마디도 할 줄 몰랐어. 그런데 조금 전 네가 나에게 '이게 뭐야?'라고 질문을 했을 때 대답을 해주는 게 아주 당연한 일처럼 생각되는 거야. 그래서 나는 말을 했고 앞으로도 계속 말을 할 수 있을 것 같아. 너나 다른 인간들이 말을 하듯이 말이야. 이상하지, 그렇지?"

"정말 이상하구나. 만약 우리가 오즈의 나라에 있다면, 물론 그것을 이상하게 생각하지는 않았을 거야. 오즈의 나라에서는 많은 동물들이 말을 할 수가 있었거든. 하지만 우리가 있는 이 바다는 오즈의 나라에서 아주 멀리 떨어져 있는 게 분명해."

"내가 문법에 맞게 말하고 있니? 네가 듣기에 내 말이 이상하지 않아?"

노란 암탉이 걱정스럽게 물었다.

도로시는 고개를 저었다.

"이상하지 않아. 처음치고는 아주 잘하고 있어."

"그렇다니 기쁜걸."

노란 닭은 이제 자신 있는 말투로 계속해서 말을 했다.

"누구든 말을 할 때는 올바른 문법을 쓰는 게 좋거든. 빨간 수탉은 내 꼬꼬댁 소리가 완벽하다고 자주 그랬어. 그런데 내가 제대로 인간의 말을 하고 있다는 걸 알게 되어서 기분이 좋아."

"배가 고파. 아침 먹을 시간인데 여기엔 먹을 게 없어."

도로시가 호소했다.

"내 달걀을 먹어도 좋아. 나는 신경 쓰지 않으니까."

노란 암탉이 말했다.

"병아리를 까고 싶지 않아?"

어린 소녀는 놀라서 물었다.

"그래, 지금은 그러고 싶지 않아. 어느 조용한 장소에서 내 밑에 열세 개의 알을 품을 수 있을 정도로 따스하고 포근한 둥지를 발견하지 않는 한, 나는 절대로 병아리를 까지 않을 거야. 왜 하필 열세 개냐 하면 말이야, 그 숫자가 암탉들에게는 행운을 가져다주는 숫자거든. 그러니까 걱정 말고 이 달걀을 먹어도 돼."

"어머, 나는 요리하지 않은 날달걀은 먹을 수 없을 것 같아. 하지만 네가 보여준 친절은 정말로 고마워."

"천만의 말씀."

암탉은 조용히 대답을 하고 날개를 고르기 시작했다.

잠깐 동안 도로시는 일어나서 끝도 없이 펼쳐져 있는 바다를 바라보았다. 하지만 달걀 생각이 떠나지 않았으므로 도로시는 곧 이렇게 물었다.

"병아리를 까지도 않을 거면서 왜 달걀을 낳았지?"

"그건 습관이야. 털갈이를 할 때만 빼고는 매일 아침 신선한 달걀을 낳는 것이 언제나 나의 자랑이었어. 달걀을 낳기 전까지는 아침에 꼬꼬댁하고 신나게 소리칠 기분이 나지 않아. 그리고 아침에 꼬꼬댁 소리내며 울 수가 없으면 나는 행복하지가 않아."

"이상하네."

도로시는 신중하게 말했다.

"하지만 내가 암탉이 아니기 때문에 이해를 할 수 없는 걸 거야. 분명히 그럴 거야."

도로시는 다시 입을 다물었다. 노란 암탉은 분명히 좋은 친구였고 커다란 위안이 되어 주었다. 하지만 끝도 없이 넓은 바다 위에 떠 있다는 것이 견딜 수 없이 외로웠다.

잠시 후에 암탉은 날개를 푸드덕거리더니 닭장 위의 제일 높은 곳에 올라가 앉았다. 조금 전까지 도로시가 앉아 있던 자리였다.

"가까운 곳에 육지가 있어!"

암탉이 소리쳤다.

"어디? 어디에 있어?"

도로시가 큰 소리로 물었다. 도로시는 가슴이 마구 뛰는 것을 느끼면서 자리에서 벌떡 일어났다.

"바로 저기 앞이야."

"제발 저쪽으로 가야 할 텐데!"

조그맣게 한숨을 쉬면서 도로시는 말했다. 함석 조각을 댄 닭장 옆으로 바닷물이 들어와서 도로시의 다리와 발은 다시 젖어 있었다.

육지가 점점 더 뚜렷하게 보이기 시작했다. 그들이 타고 있는 닭장이 빠른 속도로 육지를 향해 다가가고 있었다. 닭장 안에 있는 어린 소녀의 눈에는 그 육지가 너무나 아름답게 보였다. 그 바닷가에는 하얀 모래와 자갈이 깔려 있었고 멀리 뒤쪽으로는 바위 언덕들이 있었다. 그리고 바위 언덕 너머로는 숲이 시작되고 있어서 푸른 나무들이 보였다. 그러나 어느 곳에도 집들은 보이지 않았다. 사람 사는 흔적이라고는 전혀 찾을 수가 없는 것 같았다.

"뭔가 우리가 먹을 만한 걸 찾으면 좋겠어."

도로시는 점점 가까워지는 예쁜 바닷가를 간절한 눈빛으로 바라보면서 말했다.

"아침 시간도 한참 지났을 거야."

"나도 조금 배가 고프군, 조금."

노란 암탉도 말했다.

"너는 왜 달걀을 먹지 않니? 너는 나처럼 달걀을 요리하지 않아도 되잖아."

도로시가 물었다.

"나더러 식인종이 되라는 거야?"

암탉이 화를 내면서 날카롭게 소리쳤다.

"도대체 내가 너에게 뭘 잘못했기에, 네가 이렇게 나를 모욕하는지 모르겠구나!"

"용서해 줘, 음, 음…… 그런데 널 뭐라고 불러야 하지?"

도로시가 물었다.

"내 이름은 빌이야."

노란 암탉은 약간 퉁명스러운 목소리로 대답했다.

"빌이라구! 어머, 그건 남자 이름이잖아."

"그게 어때서?"

"너는 여자 닭이야. 안 그래?"

"물론 난 암탉이야. 하지만 내가 알을 깨고 처음 세상에 나왔을 때 누가 나에게 암탉이 될 건지 수탉이 될 건지 어떻게 물어볼 수가 있었겠어. 그래서 내가 태어난 농장 주인의 어린 아들이 병아리인 나에게 빌이라는 이름을 붙이고 귀여워해 주었어. 함께 태어난 병아리들 중에서 나만 유일하게 노란 털을 가진 닭이었거든. 그런데 내가 자라나자, 주인집의 어린 아들은 내가 수탉이면 으레 아침마다 외쳐 대는 꼬끼요 소리도 내지 않고 다른 닭들과 싸우지도 않는

다는 걸 눈치챘어. 하지만 어린 주인은 내 이름을 바꿀 생각을 하지 않았지. 그 동안에도 집에서 사람들이 아기를 낳듯이 헛간에선 계속 다른 병아리들이 태어났고 그들은 모두들 나를 빌이라고 불렀지. 빌이 내 이름이니까."

"그렇지만 그건 옳지 않아."

도로시는 순진하게 말했다.

"그래서 말인데 너만 괜찮다면 나는 너를 '빌리나'라고 부르고 싶어. 이름 끝에 '나' 자를 붙이면 여자 이름처럼 들리거든."

"아, 난 조금도 상관없어."

노란 닭은 고개를 끄덕였다.

"네가 나를 뭐라고 부르든지간에 나는 여전히 나이니까 말이야."

"정말 근사해, 빌리나. 이제 내 소개를 할게. 내 이름은 도로시 게일이야. 친구들은 그냥 도로시라고 부르지만 처음 만나는 사람들은 게일 양이라고 부르기도 한단다. 너는 나를 도로시라고 불러도 좋아. 물론 네가 그러고 싶다면 말이야. 아, 그런데 우린 이제 해변에 아주 가까이 왔어. 내가 해변까지 걸어서 건너가기엔 바닷물이 너무 깊을까?"

"조금 더 기다리자. 햇볕이 따스하고 기분이 좋은걸. 급히 서두르지 않아도 돼."

"하지만 내 발이 흠뻑 젖어 있어. 옷은 완전히 말랐지만 발이 젖어 있으니까 기분이 좋지 않아."

그렇게 말은 했지만 도로시는 암탉이 충고한 대로 기다렸다. 오래지 않아 닭장은 모래 해변 위에 사각사각 소리를 내면서 닿았고 위험한 항해는 마침내 끝이 났다.

이제 바다 위를 표류하던 그들은 해변으로 올라갈 수가 있게 된 것이다. 노란 암탉은 푸드득 날개짓을 쳐서 쉽게 해변으로 올라갔다.

그러나 도로시는 해변으로 가기 위해서 먼저 닭장 위로 기어올라가야만 했다. 시골에서 자란 도로시에게 그 정도는 식은 죽 먹기였다. 무사히 해변에 도착하자, 도로시는 먼저 젖은 신발과 양말을 벗어서 햇볕을 받아 따뜻해진 해변에 펼쳐 놓았다.

그런 다음에 모래 위에 앉아서 빌리나를 쳐다보았다. 빌리나는 뾰족한 부리로 모래와 자갈 틈새를 쿡쿡 쑤시며 무언가 끄집어내더니 열심히 쪼아먹었다. 그리고 다시 단단한 발톱으로 모래를 파헤쳤다.

"뭐 하는 거야?"

도로시가 물었다.

"아침을 먹는 거야. 당연하잖아."

암탉은 중얼거리면서 바쁘게 부리로 계속 무언가를 쪼아댔다.

"뭘 찾는 건데?"

"지렁이랑 벌레들, 그리고 조그만 게들이야. 아주 고소하고 맛있는 것들이지."

"아유, 징그러워라!"

도로시는 깜짝 놀라면서 소리를 질렀다.

"징그럽다고?"

암탉이 고개를 들고 도로시를 노려보면서 물었다.

"어떻게 살아 있는 것들을, 더구나 징그러운 벌레들이랑 기어다니는 지렁이를 먹을 수가 있어. 부끄럽지도 않니!"

"좋기만 하다! 너야말로 정말 이상하구나, 도로시! 살아 있는 것들은 죽은 것들보다 훨씬 더 신선하고 건강에 좋아. 그리고 너희들 인간이야말로 뭐든지 다 잡아먹잖아."

"그렇지 않아."

"아니, 내 말이 맞아. 인간들은 새끼 양과 어미 양, 송아지, 돼지, 그리고 닭까지도 먹잖아."

"하지만 우리는 요리를 해서 먹어."

도로시는 의기양양하게 말했다.

"그게 무슨 차이가 있어?"

도로시는 엄숙한 목소리로 대답했다.

"좋은 방법을 쓰는 거지. 나는 그 차이를 잘 설명할 수는 없지만 아무튼 그래. 어쨌든 인간은 결코 그런 징그러운 벌레 같은 건 먹지 않아."

"하지만 그런 벌레들을 먹는 닭은 먹잖아. 그러니 인간도 우리 닭들 못지 않게 나쁜 거야."

노란 암탉은 이상하게 구구거리는 소리를 내면서 반박했다. 빌리나의 말이 틀린 것은 아니었다. 도로시는 식욕이 사라지는 기분이었다. 노란 암탉은 계속해서 바쁘게 모래 속을 파헤치고 있었고 아침 식사거리가 꽤 만족스러운 듯이 보였다.

모래 속을 뒤지던 빌리나는 마침내 바다 쪽으로 가까이 가서 부리를 모래 속에 박았다. 그러더니 갑자기 몸을 뒤로 움츠리면서 와들와들 떨었다.

"아야! 방금 쇳조각에 부딪쳤어. 내 부리가 부러질 뻔했어."

"돌멩이일 거야."

"말도 안돼! 쇳덩어리일 거야. 느낌이 달랐어."

도로시는 고개를 저으며 주장했다.

"그렇지만 사람이 살지 않는 이 바닷가에 쇳조각 따위가 있을 리가 없잖아. 어디야? 내가 거길 파 볼게. 그럼 내 말이 옳다는 걸 알게 될 테니까."

빌리나는 그 장소를 도로시에게 알려 주었다. 한동안 모래를 파헤치던 도로시는 어떤 단단한 물체가 손끝에 닿는 것을 느꼈다. 도로시는 그 물체를 잡아당겼다. 그것은 아주 오래전에 만들어진 듯했지만 아직도 반짝거리는 빛을 발하는 커다란 황금 열쇠였다.

"그것 봐, 내가 뭐랬어?"

암탉이 의기양양하게 소리쳤다.

"내가 부리를 부딪쳤을 때 쇠라고 말했어, 아니면 돌멩이라고 말했어?"

"쇠라고 그랬어, 분명히."

도로시는 생각에 잠긴 눈으로 자신이 발견한 이상한 물건을 바라보았다.

"이 열쇠는 순금으로 만들어졌고 오랫동안 모래 속에 감추어져 있었던 게 분명해. 빌리나, 이게 어떻게 여기에 있게 되었을까? 이 신기한 열쇠로 무엇을 열 수가 있을까?"

도로시는 주변을 둘러보았다. 어디에도 사람이 사는 흔적은 보이지 않았다. 아마 이 열쇠는 먼 곳에 사는 누군가가 이 해변 근처를 방랑하다가 잃어버렸을 것이다.

그런 생각을 하면서 도로시는 열쇠를 호주머니 속에 넣었다. 그리고 햇볕을 받아 바싹 마른 양말과 신발을 신었다.

"빌리나, 근처에 뭐가 있나 살펴보자. 그리고 먹을 만한 게 있는지도 찾아보고."

3
모래 위에 있는 글자들

바닷가에서 조금 떨어진
곳에 나무가 우거진 작은 숲이 있었다.
도로시는 숲을 향해 걸어가다가 평평한
모래밭 위에 누군가가 막대기로 써놓은
것처럼 보이는 이상한 표시를 발견했다.

"이게 무슨 뜻이지?"

도로시는 거드름을 피우면서 자기 옆을
총총걸음으로 따라오는 노란 암탉에게 물었다.

"내가 그걸 어떻게 알아? 난 읽을 줄 모르잖아."
노란 암탉이 대꾸했다.

"뭐야? 읽을 줄 모른다고?"

"당연하지. 너도 알겠지만 나는 학교 근처에는 가본 적이 없단 말이야.”

도로시는 고개를 끄덕였다.

“그래, 그렇겠구나. 그런데 이 글자들은 너무나 크고 서로 떨어져 있어서 무슨 단어인지 잘 모르겠어.”

하지만 도로시는 열심히 글자 하나하나를 살펴보았고 마침내 모래 위에 씌어져 있는 그 글자들이 무슨 뜻을 나타내고 있는지 알 수가 있었다.

“바퀴 인간을 조심하라!”

도로시가 소리내어 글자를 읽자 암탉이 고개를 갸우뚱거리며 말했다.

“그거 참 이상하네. 바퀴 인간이 무슨 뜻이지?”

“내 생각엔 바퀴를 갖고 있는 사람들을 말하는 것 같아. 외바퀴 수레나 유모차, 아니면 손수레를 갖고 있는 사람들 말이야.”

“어쩌면 자동차일 수도 있어. 유모차나 외바퀴 수레는 조심할 필요가 없어. 하지만 자동차는 위험한 물건이야. 내 친구들 몇 명이 자동차에 치인 적이 있거든.”

“자동차일 리가 없어. 여기는 전차나 전화조차 없는 새로운 무인도이니까 말이야. 아직 어떤 사람도 이곳을 발견하지 못한 게 분명해. 만약 누군가 발견을 했다면 사람들이 살고 있어야 할 테니까 말이야. 그러니 자동차가 있을 거라고는 생각할 수가 없어, 빌리나.”

노란 암탉은 도로시의 말을 인정했다.

"그건 그렇구나. 그런데 지금 어디로 가는 거야?"

"저기 나무들 있는 데로. 과일이나 호도 같은 열매가 있는지 찾아보려고."

도로시는 땅 위로 삐죽 삐죽 솟아 있는 작은 바위들을 피해가면서 모래 위를 터벅터벅 걸어갔다. 머지않아 숲의 가장자리에 이르렀다.

그러나 처음에 도로시는 크게 실망하지 않을 수 없었다. 가까이 있는 나무들은 모두 과일이나 열매가 전혀 열리지 않는 가시나무, 사시나무 혹은 유칼립 나무들이었기 때문이었다. 하지만 그만 포기해야지 하고 실망하는 순간에 우연히 도로시는 먹을 수 있는 음식처럼 보이는 것들을 가득 매달고 있는 작은 나무 두 그루를 발견했다.

첫번째 나무는 커다랗고 잘 익은 과일 송이들이 가득 들어 있는 네모난 종이 상자들을 가지마다 잔뜩 매달고 있었는데, 상자 겉에는 단정한 글씨로 '점심거리'라고 씌어 있었다. 그 나무는 일년 내내 열매를 맺는 나무 같았다. 왜냐하면 어떤 가지의 상자에는 터질 듯이 불룩하고 빛깔 고운 과일들이 가득 들어 있는데 또 다른 가지에 달려 있는 작은 상자에는 아직 한참 덜 익은 초록색의 풋과일이 들어 있었기 때문이다. 그런 과일들은 더 크게 자랄 때까지는 먹지 않는 것이 좋을 것 같았다. 더욱 신기한 것은 이 나무의 나뭇잎들은 모두 종이 손수건이었다. 어쨌든 배가 무척 고팠던 도로시는 이 나무를 보고 기뻐했다.

그러나 두번째 나무인 저녁거리 나무는 점심거리 나무보다 더욱 놀라웠다. 굵은 가지들이 무게를 이기지 못하고 휘어질 정도로 맛있는 음식이 꽉 차 있는 양철 도시락 통이 나무에 잔뜩 매달려 있었던 것이다. 어떤 도시락 통은 작고 어두운 갈색을 띠고 있었다. 조금 큰 도시락 통은 흐린 은색을 띠고 있었다. 완전히 무르익어서 먹을 수 있는 도시락 통은 밝은 은색이었는데 햇빛을 받아서 아름답게 반짝거리고 있었다.

도로시가 너무나 기뻐서 소리를 질렀기 때문에, 노란 암탉은 금세 도로시가 무엇 때문에 그렇게 기뻐하는지 알 수 있었다.

도로시는 까치발로 서서 가장 먹음직스럽고 가장 커다란 점심거리 상자 하나를 땄다. 그런 다음에 바닥에 앉아서 급히 상자를 열었다. 상자 안에는 흰 종이로 깔끔하게 포장한 햄 샌드위치, 스폰지 케이크 한 조각, 오이 절임, 신선한 치즈와 사과 한 알이 열려 있었다. 음식들은 모두 맛이 있었다. 도로시는 배가 부를 때까지 상자 안의 음식들을 골고루 먹었다.

"정확하게 말하면 이건 아침 식사이지 점심 식사는 아니야."

도로시는 옆에 앉아서 호기심 어린 시선으로 쳐다보고 있는 빌리나에게 말했다.

"하지만 누구든 배가 고프면 아침인지 점심인지 따질 수

가 없는 법이야."

종이 상자를 꼼꼼하게 관찰하고 난 노란 암탉이 걱정스러운 목소리로 말했다.

"네가 고른 점심거리 상자가 잘 익은 음식이어야 할 텐데. 덜 익은 음식을 먹으면 병에 걸리기가 쉽거든."

도로시는 큰소리로 대꾸했다.

"걱정하지 마. 오이 절임만 빼고는 모두 아주 잘 익은 것들이었어. 그리고 오이는 원래 녹색이야, 빌리나. 전부 너무 너무 맛이 있었어. 교회에서 소풍을 가서 먹은 것들보다도 더 맛있어. 그래서 배가 다시 고파질 때를 대비해서 도시락 하나를 딸까 생각중이야. 그런 다음에는 우리가 있는 이 나라가 어떤 곳인지 탐험을 해 보기 위해서 출발하는 거야."

"여기가 어떤 나라인지 전혀 짐작이 가지 않니?"

"전혀 모르겠어. 하지만 내가 생각하기에 여긴 아주 살기 좋은 나라 같아. 그렇지 않다면 점심 상자 나무와 도시락 나무 같은 것들이 자랄 리가 없잖아. 게다가 빌리나, 이곳이 만약 상상이나 신기한 게 없는 텍사스 같은 문명화된 나라라면 암탉인 네가 말을 할 수는 없었을 거야."

"어쩌면 우리는 오즈의 나라에 온 건지도 몰라."

"아니, 그럴 리가 없어. 내가 오즈의 나라에 가봤기 때문에 잘 알아. 오즈의 나라는 아무도 건널 수 없는 무서운 사막으로 둘러싸여 있어."

도로시가 고개를 흔들면서 말했다.

"그럼 너는 어떻게 그곳에서 빠져나왔어?"

"나는 어디든지 갈 수 있는 은구두를 갖고 있었어. 그 은구두를 신으면 하늘을 날 수가 있어. 그런데 그만 그 은구두를 잃어버렸지."

"아하, 그랬단 말이지."

노란 암탉은 의심스럽다는 듯이 고개를 갸우뚱거렸다.

"어쨌든 오즈의 나라 근처에는 해변이 없어. 그러니까 이곳은 분명히 다른 환상의 나라일 거야."

이렇게 말하면서 도로시는 저녁거리 나무에서 튼튼해 보이는 가지 끝에 매달려 있는 밝고 예쁜 도시락 통 하나를 땄다. 그런 다음에 노란 암탉과 나란히 나무 그늘 사이를 빠져나와 해변 쪽으로 걸어갔다.

그들이 모래밭 중간쯤 왔을 때 빌리나가 갑자기 두려움에 떠는 목소리로 날카롭게 소리를 질렀다.

"저게 뭐야?"

도로시는 재빨리 고개를 돌려서 주변을 살펴보았다. 여태까지 한 번도 본 적이 없는 특이하게 생긴 사람이 나무들 사이를 지나서 그들에게 다가오는 것을 보았다.

그것은 분명 사람의 모습을 하고 있었지만, 사람처럼 걷는다고 할 수가 없었다. 구르는 것처럼 보이는 그 사람의 팔다리는 짐승의 다리처럼 네 개의 길이가 모두 똑같았다. 하지만 도로시는 그것이 짐승이 아니라는 것을 알 수 있었다. 갖가지 색깔의 보석이 아로새겨진 아주 화려한 옷을 입고 머리 위에는 비스듬히 멋을 부려서 밀짚모자를 쓰고 있었기 때문이었다.

어쨌든 그 사람은 손과 발 대신에 다리와 팔 끝에 바퀴를 달고 있어서 보통 사람들과는 전혀 달랐다. 그리고 그 사람은 그 바퀴들을 이용해서 울퉁불퉁한 언덕길을 아주 빠르게 달려오고 있었다. 나중에 도로시는 이 이상한 바퀴들이 손톱과 발톱을 구성하는 단단한 각질과 똑같은 물질로 이루어져 있음을 알게 되었다. 또한 이 이상한 종족이 처음부터 이렇게 이상한 모습으로 태어났다는 것을 알게 되었다.

이 괴상한 모습의 사람을 생전 처음 본 어린 소녀는 반짝이는 옷을 입은 어떤 사람이 발뿐만 아니라 손에도 롤러 스케이트를 신었다고 생각했다.

"도망쳐! 바퀴 인간이야!"

노란 암탉이 비명을 지르면서 겁에 질려서 날개를 퍼덕거렸다.

"바퀴 인간? 그게 뭔데?"

"모래 위에 씌어져 있던 경고 생각 안 나? '바퀴 인간을 조심하라' 라고 했잖아. 도망쳐, 빨리!"

그 말을 듣자, 도로시는 도망치기 시작했다. 바퀴 인간은 도로시를 날카로운 눈으로 바라보며 사나운 함성을 지르면서 도로시의 뒤를 바짝 쫓아왔다.

달아나면서 뒤를 힐끗 돌아본 도로시는 놀라지 않을 수 없었다. 숲 속에서 수십 명은 넘어 보이는 바퀴 인간들이 몰려나오고 있었던 것이다. 그들은 모두가 반짝이는 화려한 보석 옷을 걸치고 매끄럽게 구르는 바퀴를 단 채, 사나운 함성을 지르면서 도로시를 향해 굴러오고 있었다.

"우리는 잡히고 말 거야!"

나무에서 딴 무거운 저녁 도시락 통을 손에 꼭 잡고 뛰면서 도로시는 숨을 헐떡거렸다.

"나는 너처럼 빨리 뛸 수가 없어, 빌리나."

"이 언덕으로 올라와, 빨리!"

암탉이 소리쳤다. 조금 전에 그들이 숲으로 가는 길에 지나쳤던 언덕이 가까이 있었다. 그 언덕에는 삐죽삐죽하고 매끄러운 바위들이 쫙 깔려 있었다. 노란 암탉은 날개를 퍼덕거리면서 바위 사이로 날쌔게 달아났고 도로시는 있는 힘껏 그 뒤를 따라갔다. 반은 기어오르고 반은 구르다시피 하면서, 허둥지둥 험하고 가파른 길을 간신히 기어올라갈

수 있었다.

도로시가 바위 언덕에 올라가자마자, 도로시의 뒤를 바짝 쫓아오던 바퀴 인간도 언덕 밑에 도달했다. 하지만 도로시가 바위 언덕을 기어올라가는 동안, 바퀴 인간은 언덕 밑에 멈춰서서 성난 목소리로 사납게 소리를 질러댈 뿐이었다.

도로시는 암탉들이 으레 그렇듯이 빌리나가 꼬꼬꼬거리면서 웃는 소리를 들었다.

"서두르지 않아도 돼, 친구야."

빌리나는 웃으면서 소리쳤다.

"저 바퀴 인간들은 이 바위 언덕을 올라올 수가 없어. 우린 이제 안전해."

암탉의 말이 떨어지기가 무섭게 도로시는 편편하고 둥근 바위 위에 털썩 주저앉았다. 숨을 쉬기가 힘이 들었다.

뒤를 쫓아오던 다른 바퀴 인간들도 하나둘씩 언덕 아래에 도착했다. 확실히 바퀴 달린 다리로는 울퉁불퉁하고 삐죽삐죽한 바위 위로 올라올 수가 없는 것이 분명했다. 그들은 암탉과 도로시가 있는 곳으로 더 이상 쫓아오지 못했다. 그러나 바퀴 인간들이 원을 이루어서 작은 언덕을 빙 둘러싸 버렸으므로 이제 도로시와 빌리나는 꼼짝없이 갇힌 신세가 되어 버렸다.

바퀴 인간들은 앞바퀴를 번쩍 들더니 위협하듯이 도로시를 향해서 흔들었다. 그리고 여러 명이 한꺼번에 끔찍한 함성을 질러대면서 소리쳤다.

"우리는 곧 너를 잡을 것이다, 틀림없이! 우리에게 잡히기만 하면 너를 갈가리 찢어놓고 말겠다!"

"왜 그렇게 나에게 못되게 구는 거야? 나는 너희들 나라에 처음 온 사람이야. 그리고 너희들에게 해를 입히지도 않았잖아?"

도로시가 묻자 그들의 우두머리처럼 보이는 바퀴 인간이 어이없다는 듯이 날카롭게 외쳤다.

"해를 입히지 않았다고! 네가 우리 점심 상자와 저녁 도시락 통을 따지 않았다구? 아직도 네가 손에 들고 있는 저녁 도시락 통이 훔친 게 아니라고?"

도로시는 설명을 하려고 했다.

"나는 단지 하나씩만 땄을 뿐이야. 배가 고픈 데다가 그 나무들이 너희들 것인 줄도 몰랐어."

"그건 이유가 될 수 없어."

우두머리 바퀴 인간이 반박을 했다. 그는 무리들 중에서 가장 화려한 옷을 입고 있었다.

"누구든지 우리의 허락을 받지 않고 저녁 도시락 통을 따는 사람은 즉시 사형을 당해야만 한다는 것이 이 나라의 법이야."

빌리나가 도로시에게 말했다.

"그의 말을 믿지 마. 내가 장담하는데 그 나무들은 이 괴상한 동물들의 소유물이 아니야. 저 바퀴 인간들은 단지 어떤 구실이 필요할 뿐이야. 만약 네가 저녁 도시락 통을 따지 않았다면 아마도 다른 핑계를 대고 너를 죽이려고 들었을 거야."

"나도 그럴 거라고 생각해. 하지만 이제 어떻게 해야 하지?"

"그냥 여기에 있어야지. 어쨌든 굶어죽기 전까지는 바퀴 인간들 손에 붙잡힐 염려는 없으니까. 그리고 어쩌면 그 이전에 좋은 일들이 일어날 수도 있을 거야."

4

기계 인간 틱톡

한 시간쯤 후에 바퀴 인간들은 대부분 숲속 으로 돌아가고 세 사 람만 계속 남아서 언 덕을 지켰다. 바퀴 인간 들은 커다란 개처럼 몸을 둥 글게 말고 엎드려서 모래 위에 서 잠이 든 척했다. 그러나 도로시 와 빌리나는 그들의 속임수에 넘어 갈 정도로 어리석지 않았다. 그러므로 안전한 바위 언덕 위에 머물면서 교활한 적들에게는 관심을 두지 않았다.

그러다가 마침내 언덕 위에서 날개를 퍼덕거 리고 있던 암탉이 외쳤다.

"우와, 저기 길이 있네!"

도로시는 잽싸게 빌리나가 있는 곳으로 올라갔다. 빌리나의 말대로 분명히 험한 바위들 사이에 평탄한 길이 있었다. 그 길은 마치 회오리바람이나 나사못처럼 뾰족하고 험한 바위들 사이로 언덕을 빙빙 돌아가며 나 있었지만 처음부터 끝까지 평평해서 걷기가 쉬울 것 같았다.

처음에 도로시는 어째서 바퀴 인간들이 이 길을 통해 언덕을 올라오지 않았는지 의아스러웠다. 하지만 나중에 길을 따라서 언덕 아래로 다 내려왔을 때, 도로시는 비로소 여러 개의 커다란 바윗덩어리들이 길 끝을 완전히 가리고 있다는 사실을 발견했다. 그래서 밑에서는 그 길이 보이지 않았던 것이다.

곧 도로시는 길을 따라 올라가서 언덕 위의 제일 높은 곳에까지 이르렀다. 그곳에는 주변에 있는 다른 바위들보다도 단단하고 둥근 바위가 하나 서 있었다. 그리고 그 길은 이 거대한 바위 바로 옆에서 끝이 나 있었다. 잠깐 동안 도로시는 왜 길이 더 이상 없는지 알아내려고 애를 썼다.

한편 도로시의 뒤를 따라오던 암탉은 곧장 바위 위로 날아올라가 앉았다. 그리고 갑자기 도로시를 향해서 확인하듯이 물었다.

"이건 어딘가 문처럼 보이네, 그렇지 않아?"

"뭐가 문처럼 보여?"

"글쎄, 바위 위에 금이 나 있는걸. 바로 네 앞에 있잖아.

오른쪽에서 왼쪽으로, 그리고 위에서 아래로 나 있네."

빌리나의 작고 둥근 두 눈은 매우 예리했고 모든 것을 꿰뚫어보는 것처럼 보였다.

"흠, 저 금 말이야. 저건 분명히 바위문일 것 같아. 돌쩌귀가 보이지는 않지만 말이야."

"아, 정말 그렇군."

도로시는 고개를 끄덕이며 바위 위의 금을 자세히 조사하기 시작했다.

"그러면 이게 열쇠 구멍이겠지, 빌리나?"

바위를 조사하던 도로시가 문의 한쪽에 뚫려 있는 깊은 구멍을 가리켰다.

"당연하지. 우리에게 열쇠가 있다면, 지금 말이야. 그렇다면 이 문을 열어서 안에 무엇이 있는지 볼 수 있을 텐데. 어쩌면 다이아몬드와 루비, 그리고 금덩이가 가득 들어 있는 보물의 방이 있을지도 몰라. 그리고 어쩌면……."

노란 닭의 말을 도로시가 잘랐다.

"해변에서 주웠던 금열쇠가 있잖아. 그 열쇠가 이 열쇠 구멍에 맞을까, 빌리나?"

도로시는 주머니에 손을 넣어서 금열쇠를 찾았다. 그리고 그 열쇠를 구멍에 밀어 넣고 돌리자, 갑자기 날카롭게 짤깍하는 소리가 났다. 그런 다음 소름끼치는 소리와 함께 바위가 마치 문이 열리듯이 바깥쪽으로 빙글 돌아갔다. 바위 바로 안쪽에는 작고 어두운 방이 있었다.

"어머나!"

도로시는 비명을 지르면서 펄쩍 뒤로 물러났다.

왜냐하면 그 좁은 방안에 사람의 모습을 한 무언가가 서 있었기 때문이었다. 희미한 어둠 속에서 그것은 마치 인간처럼 보였다. 키는 거의 도로시 정도였고 몸통은 공처럼 둥글며 반짝거리는 구리로 만들어져 있었다. 또한 머리와 팔다리도 구리로 만들어져 있어서 경첩이나 접합 같은 특별한 방식으로 몸통과 연결되어 있었다. 구리 모자를 쓰고 있는 그 모습은 마치 중세 시대의 투구와 갑옷을 걸친 기사처럼 보였다. 그는 계속 꼿꼿이 서 있었는데 햇빛을 받자 마치 순금으로 만들어진 것처럼 반짝거렸다.

"겁내지 말아. 이건 살아 있지 않아."

빌리나가 도로시에게 말했다.

"나도 알아."

긴 한숨을 쉬면서 도로시가 대답했다.

"이건 헛간에 있는 오래

된 주전자처럼 단지 구리로 만든 물건일 뿐이야."

암탉은 머리를 이쪽 저쪽으로 바쁘게 돌리며 작고 둥근 두 눈으로 구리 인간을 열심히 관찰했다. 도로시는 조용히 말했다.

"전에 나는 몸이 양철로 된 나무꾼을 알았던 적이 있어. 하지만 그는 태어날 때 진짜 인간으로 태어났고 우리와 마찬가지로 살아 있었어. 그런데 조금씩 그의 몸이 양철로 바뀌었지. 처음엔 다리가, 그 다음엔 손가락이 그리고 다음엔 한쪽 귀가 말이야. 일하다가 도끼로 자기 몸을 찍는 사고를 너무 많이 당했기 때문이었어."

"흐응, 그래?"

암탉은 도로시의 이야기가 믿어지지 않는 듯이 코를 킁킁거렸다. 도로시는 눈을 크게 뜨고 구리 인간을 보면서 말을 계속했다.

"하지만 이 구리 인간은 조금도 살아 있지 않아. 나는 도대체 이게 무엇으로 만들어졌는지, 그리고 왜 이런 이상한 장소에 숨어 있는 것인지 궁금해."

"그건 알 수가 없지."

암탉은 이렇게 대꾸하고 머리를 돌려서 부리로 깃털을 쓰다듬었다.

도로시는 구리 인간의 뒷모습을 보기 위해서 작은 방 안쪽으로 걸어들어갔다. 구리 인간의 목 뒤에는 구리 나사가 튀어나와 있었다. 그리고 구리 인간의 어깨 중간에 글씨가

씌어진 종이 하나가 매달려 있는 것을 발견했다. 도로시는
종이를 떼어서 햇빛이 좀더 환한 입구 쪽으로 나왔다. 그리
고 종이에 씌어진 글을 읽으려고 바위 위에 앉았다.

"뭐라고 적혀 있어?"

암탉이 궁금해하며 물었다.

도로시는 약간 어려운 커다란 글씨체로 인쇄되어 있는 글
자를 소리를 내어서 읽었다. 카드에는 이런 내용이 들어 있
었다.

스미스와 틴커 사의 제품

여러 가지 행동을 동시에 할 수 있는 특허품

특별 기능 추가로 바로 반응을 나타냄

창의적 사고와 완벽한 대화를 구사하는 **기계 인간**

특수 제작된 태엽 장치 부착. 생각하고, 말하고,

행동하지만 살아 있지 않음

이브의 나라 이브나에서만 생산됨

무단 도용이나 제작시 관련 법규에 의해서 처벌을 받게 됨

"이상하기도 하지! 그게 전부 사실일까, 내 친구야?"

노란 닭이 물었다.

"모르겠어."

아직 카드를 다 읽지 못한 도로시는 고개를 갸웃거렸다.

"이걸 들어 봐, 빌리나."

노란 암탉은 깜짝 놀라 숨을 헐떡거리며 소리쳤다.

"이런! 내가 장담하지만 만약 이 구리 인간이 이 기능들의 절반이라도 작동할 수가 있다면 아주 놀라운 기계이겠지. 하지만 다른 특허품이라고 하는 기계들처럼 아마 이것도 속임수일 거야."

"우리가 이걸 작동시켜보면 알 수 있겠지. 태엽 장치를 돌릴 열쇠는 어디에 있을까?"

"목 뒤에 카드가 매달려 있었던 구리 나사에 걸려 있어."

"그렇다면 태엽을 감고서 어떻게 되는지 알아보자. 얼마나 오랫동안 이 바위 속에 있었는지는 모르겠지만 수천 년은 처박혀 있었던 것처럼 보여."

곧 도로시는 구리 인간의 뒷목에 있는 열쇠를 빼냈다.

"어느 곳을 먼저 감을까?"

도로시는 암탉에게 물으면서 다시 사용 방법을 읽었다.

"1번이야, 생각을 먼저 하게 만들어야지, 그렇잖아?"

"맞아."

도로시는 왼쪽 팔 아래에 있는 1번 태엽을 감았다.

"조금도 달라지지 않는걸."

암탉이 투덜거렸다.

"그야 당연하지. 지금은 단지 생각만 하고 있는 거야."

도로시가 말했다.

"도대체 무슨 생각을 하고 있는지 궁금하네."

"말을 하게 만드는 태엽을 감아볼게. 그럼 말을 할지도 몰라."

도로시가 2번 음성 태엽을 감자 즉시 기계 인간은 다른 곳은 꼼짝도 하지 않고 오직 입술만 움직여서 말을 하기 시작했다.

"안녕, 하십니까. 아가씨. 안녕, 하십니까. 암탉 아줌마."

그의 목소리는 조금 귀에 거슬리고 꺽꺽거렸다. 그리고 무슨 말을 하든지 억양이 변하지 않고 처음부터 끝까지 같은 음성으로 말을 했다. 하지만 도로시와 빌리나는 그가 하는 말을 모두 알아들을 수가 있었다.

"안녕하세요."

그들은 예의 바르게 답례를 했다.

"저를, 구해 주셔서, 고맙습니다."

기계 인간은 계속해서 같은 음성으로 말을 했다. 몸통 깊숙한 곳에서 울려나오는 듯한 그 목소리는 마치 아이들이 장난감 양이나 고양이를 꾹 누를 때 나오는 소리 같았다.

"천만에요."

도로시가 얼른 대답을 했다. 그리고 너무나 궁금했으므로 도로시는 이렇게 물었다.

"그런데 어쩌다가 여기에 갇혀 있게 됐어요?"

구리 인간은 입술을 움직였다.

"그건, 아주 긴 이야기입니다. 그렇지만, 간단하게 이야기를 하겠습니다. 저는, 스미스와 틴커 사에서 제작되어서, 이브 나라의 잔인한 왕에게, 팔렸습니다. 그 왕의 이름은 이볼도였는데, 그는 죽을 때까지, 하인들을 때리는, 왕이었습니다. 그렇지만, 저는 살아 있는 생물이 아니기 때문에 죽일 수가 없었습니다. 누구든 죽기 위해서는 먼저 살아 있어야만 하니까 말입니다. 그래서 왕이 아무리 저를 때려도 저는 상처 하나 입지 않았고 제 구리 몸통은 반질반질 윤이 나기만 했습니다.

그런데 그 잔인한 왕에게는 아름다운 왕비와 사랑스러운 열 명의 아이들이 있었습니다. 다섯 명의 공주와 다섯 명의 왕자들이었습니다. 하지만 갑자기 불같이 화가 난 왕이 왕비와 아이들을 마법을 쓰는 다른 왕에게 팔아버렸습니다. 그 왕의 이름은 놈이었지요. 그리고 놈 왕은 지하 궁전을 꾸미는 장식품으로 쓰려고 왕비와 아이들 모두를 다른 모습으로 바꾸어 버렸습니다.

그 후에 이브의 왕은 자신의 사악한 행동을 후회하고 다

시 왕비와 아이들을 놈 왕으로부터 구해오려고 노력했지만 아무 소용이 없었습니다. 그래서 절망에 빠진 왕은 저를 이 바위굴 속에 가두고 열쇠를 바다 속에 던져 버렸습니다. 그런 다음에 물에 뛰어들어서 죽어버렸지요."

"어머, 너무 끔찍해!"

도로시가 소리쳤다.

"네, 정말 끔찍한 일입니다."

기계 인간은 말을 이었다.

"이곳에 갇혔다는 걸 알았을 때, 저는 음성 태엽이 다 풀릴 때까지 구해달라고 소리를 쳤습니다. 그런 다음에는 동작 태엽이 다 풀릴 때까지 이 좁은 방 안에서 앞뒤로 걸어 다녔습니다. 그리고 나서는 꼼짝도 못하고 서서 생각 태엽이 다 풀릴 때까지 생각을 했습니다. 그 다음에는 당신이 다시 제 태엽을 감아주기까지 어떤 일이 있었는지 모르겠습니다."

도로시는 다정하게 말했다.

"정말 놀라운 이야기군요. 당신의 이야기를 들으니 이브라는 나라가 환상의 나라라는 것을 확실히 알 수 있겠어요. 내가 생각했던 대로 말이죠."

기계 인간은 동의했다.

"당연합니다. 환상의 나라 말고 다른 어느 곳에서 이렇게 완벽한 기계 인간을 찾을 수가 있겠습니까?"

"적어도 캔자스에서는 결코 본 적이 없어요."

도로시는 고개를 끄덕였다.

기계 인간이 삐걱거리는 목소리로 물었다.

"그런데 어디서 이 문을 열 수 있는 열쇠를 얻었습니까?"

"해변에서 찾았어요. 아마 파도에 밀려 온 것 같아요. 당신이 괜찮다면 내가 동작 태엽을 감아줄게요."

"그래 주면 정말 고맙겠습니다."

기계 인간은 무척 고마워했다.

도로시는 3번 태엽을 감았다. 그러자 즉시 기계 인간은 어딘가 부자연스러운 모습으로 뒤뚱거리면서 바위굴 밖으로 걸어나왔다. 그리고 구리 모자를 벗고 예의 바르게 절을 한 다음에 도로시 앞에 무릎을 꿇었다. 그가 입을 열었다.

"이 시간 이후로 저는 당신의 충성스러운 하인입니다. 당신이 무슨 명령을 내리든지 태엽을 계속 감아주어서 제가 움직일 수만 있다면, 기꺼이 그 명령을 따를 것입니다."

"좋아. 그런데 네 이름은 뭐지?"

도로시가 물었다.

"틱톡입니다. 제 몸에 있는 태엽 장치를 감을 때마다 틱 소리가 났기 때문에 옛날 주인이 붙여준 이름입니다."

"정말 그런 소리가 들리네."

노란 암탉이 말했다.

"나도 들려."

도로시는 이렇게 말한 다음 조금 걱정스러운 얼굴로 덧붙였다.

"너는 시끄럽게 굴지는 않겠지, 그렇지?"

"네. 저는 결코 잠을 자지 않으니까, 언제든 당신이 일어나고 싶은 시간에 깨워드릴 수도 있습니다."

도로시는 기뻐서 소리쳤다.

"그거 좋네. 나는 아침에 일어나기가 정말로 싫거든."

노란 암탉이 끼어들었다.

"내가 알을 낳을 때까지는 잠을 자도 돼. 알을 낳고 나서 내가 꼬꼬댁 하고 울면 틱톡이 일어날 시간이 되었다고 알려 줄 거야."

"너는 알을 아주 일찍 낳니?"

도로시가 물었다.

"여덟시쯤이야. 그리고 부지런한 사람이라면 그 시간쯤
에는 다 일어나 있어야만 해. 당연히 말이야."

5
도로시가 도시락 통을 열다

"틱톡."

도로시가 입을 열었다.

"틱톡이 먼저 해줄 일은 우리가
이 바위산을 빠져나갈 수 있도록
길을 찾는 거야. 알고 있겠지만 바퀴
인간들이 저 아래에서 우리를 죽이겠다고
위협하고 있어."

"바퀴 인간들은 조금도 두려워할 필요가
없습니다."

틱톡이 조금씩 늘어지는 목소리로 말했다.

"어째서?"

"왜냐하면 그들은 조오오……."

태엽 인간은 꼴록꼴록 소리를 내면서 말하기를 딱 멈추었다. 그의 두 손이 마구 흔들리다가 갑자기 그는 한쪽 팔을 허공에 올리고 다른 쪽 팔은 선풍기처럼 손가락을 쫙 펴고서 뻣뻣하게 자기 앞에 내민 채 모든 동작을 멈추었다.

"어머나! 어떻게 된 거야?

도로시가 놀란 목소리로 외쳤다.

"태엽이 다 풀린 것 같아."

암탉이 침착하게 말했다.

"네가 태엽을 많이 돌리지 않았던 거야."

"나는 얼마나 많이 감아야 하는지 모르겠어. 하지만 다음 번엔 더 잘하도록 할게."

도로시가 다시 기계 인간의 목에서 열쇠를 빼내려고 태엽 인간의 뒤쪽으로 돌아갔다. 하지만 열쇠는 거기에 없었다.

"돌리는 열쇠가 없어졌어!"

도로시는 당황해서 소리쳤다.

"아마 너에게 허리를 숙여서 절을 했을 때 바닥에 떨어졌을 거야. 주위를 살펴 봐, 도로시."

암탉이 침착하게 대꾸했다.

도로시는 주위를 살펴보았고 암탉도 도로시를 도와주었다. 그러다가 도로시는 열쇠가 바위 틈에 떨어져 있는 것을 발견했다.

곧 도로시는 틱톡의 음성 태엽을 감아주었다. 이번에는 되도록 태엽을 많이 감으려고 애를 썼다. 태엽을 감아본 사람은 짐작할 수 있겠지만 도로시는 태엽을 감는 작업이 꽤 힘든 일이라는 것을 깨닫게 되었다. 하지만 다시 입을 열게 된 기계 인간이 이제 최소한 스물네 시간은 작동할 것이라고 말했기 때문에 도로시는 안심할 수가 있었다.

"처음에는 태엽을 조금밖에 감아주지 않았습니다."

기계 인간은 조용히 말했다.

"그리고 이볼도 왕에 대해서 너무 길게 이야기를 했습니다. 그러니 제 태엽이 다 풀린 것도 당연한 일입니다."

다음으로 도로시는 동작 태엽을 다시 감았다. 그때 빌리나가 도로시에게 틱톡의 태엽 열쇠를 도로시의 호주머니 속에 넣어두면 다시는 잃어버리지 않을 것이라고 충고했다. 생각 태엽까지 다 감은 후 도로시는 말했다.

"자, 그럼 이제 조금 전에 네가 바퀴 인간에 대해서 하려던 말을 계속해 봐."

"그들은 조금도 위험하지 않습니다. 그들은 자기들이 매우 무서운 종족이라는 인상을 풍기려고 애를 씁니다. 하지만 바퀴 인간들은 자기들에게 용감히 맞서는 상대에게는 해를 끼치지 못합니다. 당신 같은 어린 여자아이나 괴롭힐 수 있을 뿐입니다. 그들은 몹시 심술궂은 종족입니다."

"그럼 이제 어떻게 하지?"

도로시가 물었다.

"저의 생각 태엽을 꽉 조여 주십시오. 그러면 제가 다른 방법을 생각해 보겠습니다."

틱톡이 시키는 대로 도로시는 태엽 장치를 다시 조였다. 그렇게 해서 틱톡이 생각을 하는 동안, 도로시는 저녁을 먹기로 결정했다. 빌리나는 이미 먹이감을 찾아서 바위 틈을 콕콕 쪼고 있었으므로 도로시는 바닥에 앉아서 양철 도시락 통을 열었다.

도로시는 도시락 통 뚜껑에서 아주 맛있는 레모네이드가 가득 들어 있는 작은 물통을 발견했다. 물통의 입구에는 컵처럼 생긴 뚜껑이 달려 있었고 뚜껑을 열면 레모네이드를 마실 수 있게 되어 있었다. 도시락 통 속에는 칠면조 고기 세 조각, 차가운 고기 두 조각, 약간의 바닷가재 샐러드, 버터 바른 빵 네 조각, 작은 커스터드 파이 하나, 오렌지 한 개와 커다란 딸기 아홉 개, 그리고 약간의 호도와 건포도가 들어 있었다. 신기하게도 저녁 도시락 통에 들어 있는 호도들은 이미 부서져 있어서 도로시는 어렵지 않게 호도의 속살을 꺼내 먹을 수가 있었다.

도로시는 옆에 있는 바위 위에 그 음식들을 펼쳐 놓고 저녁 식사를 시작하면서 먼저 틱톡에게 음식을 권했다. 하지만 틱톡은 자신이 말한 대로 단지 기계일 뿐이므로 정중하게 거절했다. 다음에 도로시는 빌리나에게 함께 음식을 먹자고 권했지만 암탉은 '죽은 음식'에 대해 투덜거리면서 자기는 벌레와 지렁이들을 먹는 것이 더 좋다고 했다.

"점심거리 종이 상자 나무와 저녁거리 도시락 나무가 바퀴 인간들 거니?"

도로시는 열심히 음식을 먹으면서 틱톡에게 물었다.

틱톡이 고개를 저었다.

"그렇지 않습니다. 그 나무들은 이브 왕실의 소유물입니다. 단지 지금은 이볼도 왕이 바닷물 속에 빠져 죽었고 왕비와 열 명의 아이들은 놈 왕의 마법에 걸려서 모습이 바뀌었기 때문에 왕실 가족이 없을 뿐입니다. 제 생각에는 이브 왕국을 다스리는 사람이 아무도 없는 것 같습니다. 아마 바퀴 인간들이 그 나무들을 자기들 소유라고 우기고 점심 상자와 저녁 도시락 통을 마음대로 따먹는 것도 그런 이유 때문일 것입니다. 하지만 그 나무들은 분명히 왕실의 소유입니다. 모든 도시락 통의 바닥에 이브 왕실의 도장인 '이' 자가 찍혀 있는 것을 보실 수 있을 것입니다."

도로시는 도시락 통을 거꾸로 들었다. 틱톡이 말한 대로 도시락 통의 바닥에는 왕실 도장이 찍혀 있었다.

"그럼 바퀴 인간들이 이브 왕국에 사는 종족이야?"

도로시는 물었다.

"아닙니다. 그들은 단지 숲 속에 숨어 사는 소수 종족일 뿐입니다. 하지만 항상 심술궂고 뻔뻔스럽습니다. 저의 옛 주인 이볼도 왕은 바퀴 인간들을 외출할 때 채찍을 운반하는 일에 이용했습니다. 처음에 바퀴 인간들은 저를 얕보고 머리로 저를 들이받기도 했습니다. 하지만 그들은 곧 내가 너무나 단단한 물질로 만들어졌기 때문에 오히려 자신들이 상처를 입게 된다는 것을 깨달았습니다."

"너는 정말 단단해 보여. 누가 너를 만들었니?"

도로시가 묻자 태엽 인간은 대답을 했다.

"이브 왕궁이 있는 이브나 시의 스미스와 틴커 회사에서 만들었습니다."

"그 회사에서 너와 같은 기계 인간을 많이 만들었니?"

"아닙니다. 저는 그 회사에서 완성한 유일한 자동 기계 인간입니다. 저를 만든 사람들은 아주 놀라운 발명가들이 었고 그들이 만들어낸 물건들은 모두 예술이었습니다."

도로시는 고개를 끄덕였다.

"그랬을 거야. 그럼 그 사람들은 지금도 이브나 시에 살고 있니?"

태엽 인간은 고개를 흔들며 대답했다.

"두 사람 다 죽었습니다. 스미스 씨는 훌륭한 발명가이면서 또한 예술가였습니다. 그는 진짜 강물이 흐르는 것처럼 보이는 그림을 하나 그렸습니다. 그 그림을 그릴 때, 건너편 강둑에 피어 있는 꽃들을 그리려고 몸을 내밀다가 그만 강물에 빠져서 죽고 말았습니다."

"어머, 정말 안 됐어!"

도로시는 안타깝게 소리쳤다. 틱톡이 계속 말을 이었다.

"그리고 틴커 씨는 달에 기대 놓고 맨 위에 앉아서 쉴 수 있는 아주 높은 사다리를 만들었습니다. 그는 사다리 꼭대기에 서서 왕관에 붙일 작은 별들을 따곤 했습니다. 그런데 달에 도착한 순간, 틴커 씨는 달이 너무나 아름다운 곳임을 알게 되었고 달에서 살기로 마음을 먹었습니다. 그래서 그는 사다리를 밀어버렸고 그 이후로는 아무도 그를 본 사람이 없습니다."

"이 나라로서는 정말 큰 손실이로구나."

커스터드 파이를 우물거리면서 도로시가 말했다.

틱톡은 크게 고개를 끄덕였다.

"또한 저에게도 커다란 손실입니다. 제가 고장이 나면 누가 고쳐줄 수 있을지 모르겠습니다. 저는 너무나 복잡한 기계이기 때문입니다. 제가 얼마나 많은 기계들로 만들어져 있는지 당신은 상상도 못할 겁니다."

"상상할 수 있어."

도로시는 즉시 대꾸를 했다. 틱톡이 말했다.

"그런데 이제 말은 그만하고 이 바위산을 빠져나갈 수 있

는 방법을 다시 생각해야겠습니다."

그렇게 말하고 그는 방해받지 않고 생각을 하기 위해서 몸을 반쯤 옆으로 돌렸다.

도로시는 노란 암탉에게 말을 했다.

"지금까지 내가 알았던 사람 중에서 가장 뛰어난 사색가는 허수아비였어."

"말도 안돼!"

빌리나가 비난하듯이 소리쳤다.

"사실이야."

도로시는 강력하게 주장했다.

"나는 오즈의 나라에서 그를 만났어. 허수아비는 머리가 밀짚으로만 가득 차 있었기 때문에 생각할 수 있는 머리를 얻기 위해서 나와 함께 위대한 마법사 오즈의 도시를 여행했어. 하지만 내가 보기에 그는 두뇌를 얻기 전에도 뛰어난 사색가였어."

"너는 내가 오즈의 나라에 대한 그런 터무니없는 말들을 모두 믿을 거라고 기대하니?"

빌리나가 빈정거렸다. 빌리나는 먹을 만한 벌레가 부족해서인지 조금 뾰로통해 있었다.

"어째서 터무니가 없어?"

이제 호도와 건포도를 먹으면서 도로시가 물었다.

"어째서냐고? 말하는 동물들이니, 살아 있는 양철 나무꾼 그리고 생각을 할 줄 아는 허수아비는 있을 수 없는 이야기들이야."

"하지만 정말로 모두들 오즈의 나라에 있었어. 그러니까 내가 그들을 만났지."

"나는 못 믿겠어!"

암탉이 머리를 발딱 젖히고 크게 소리쳤다.

틱톡이 몸을 돌리고 입을 열었다.

"오즈의 나라에서는 모든 것이 가능합니다. 그곳은 놀라운 환상의 나라이니까요."

"그것 봐, 빌리나! 내가 뭐라고 말했어?"

도로시가 의기양양하게 소리쳤다. 그리고 나서 도로시는 태엽 인간을 향해 몸을 돌리고서 흥분된 목소리로 물었다.

"너는 어떻게 오즈의 나라를 알고 있어, 틱톡?"

"아뇨, 저는 단지 그곳에 대해서 소문을 들었을 뿐입니다. 그곳은 넓은 사막에 둘러싸여 있기 때문에 이곳 이브의 나라와는 떨어져 있습니다."

도로시는 손뼉을 치면서 기뻐했다.

"그 말을 들으니 정말 기쁘구나! 내 친구들이 그렇게 가까이에 있다는 게 신기하고 놀라워. 빌리나, 내가 너에게 말한 그 허수아비가 오즈 나라의 왕이거든."

"이런 말을 하게 되어서 죄송합니다. 허수아비는 이제 왕이 아닙니다."

틱톡이 말했다.

"내가 그곳을 떠날 때에는 허수아비가 왕이었는데!"

도로시가 깜짝 놀라서 외쳤다.

"그랬습니다. 하지만 오즈의 나라에서 반란이 일어나서 진저 장군이라고 불리는 여자 군인이 허수아비를 왕좌에서 쫓아냈습니다. 그런 다음에 진저는 오즈 나라의 적법한 왕위 상속자인 오즈마라는 어린 공주에 의해서 쫓겨났습니다. 그래서 지금은 오즈마가 오즈를 다스리고 있습니다."

"그건 나에게 새로운 소식이야."

도로시는 생각에 잠겨서 말했다.

"그렇지만 내가 오즈의 나라를 떠난 이후에 많은 일들이 일어났다는 건 짐작이 가. 나는 허수아비와 양철 나무꾼 그리고 겁쟁이 사자가 어떻게 되었는지 궁금해. 그리고 처음 들어본 오즈마라는 여자 아이가 누구인지도 궁금한걸."

하지만 틱톡은 도로시의 궁금증을 풀어주지 않았다. 그는 다시 몸을 돌리고 생각하기 시작했다.

도로시는 맛있는 음식들을 낭비하지 않으려고 먹고 남은 음식을 잘 싸서 다시 도시락 통 속에 집어넣었다. 노란 암탉은 체면도 잊고서 바닥에 흩어진 빵 부스러기들을 쪼아 먹었다. 그때 틱톡이 어색하게 몸을 숙이며 그들에게 다가왔다.

"저를 따라와 주신다면 정말 고맙겠습니다. 제가 당신들을 여기에서 빠져나가 더 편안하게 지낼 수 있는 이브나 시로 안내해 드리겠습니다. 그리고 바퀴 인간들로부터 보호해 드리겠습니다."

도로시는 망설이지 않고 대답했다.

"좋아. 얼마든지 따라갈게."

6
랭귀데어 공주와 삼십 개의 머리

그들은 바위
사이로 나 있는 길을
따라서 천천히 걸어갔다.
틱톡이 앞장서고 도로시가
중간에 섰으며 노란 암탉이 제일
뒤에서 총총걸음으로 따라왔다.

언덕 아래까지 내려오자, 기계 인간은
몸을 숙여서 길을 가로막고 있는 바위들을
간단하게 옆으로 밀어냈다. 그런 다음에
도로시에게 돌아서서 말했다.

"도시락 통을 저에게 주십시오."

도로시가 도시락 통을 그에게 넘겨주자, 기계

인간은 구리 손가락으로 양철 도시락 통의 손잡이를 단단하게 움켜잡았다.

다시 이 작은 행렬은 평평한 모래밭까지 걸어갔다.

산 아래를 지키고 있던 세 명의 바퀴 인간들은 그들을 보자마자, 사나운 함성을 지르면서 미끄러지듯이 굴러왔다. 길을 가로막고 도로시 일행을 붙잡기 위해서였다. 하지만 제일 앞에 선 바퀴 인간이 아주 가까운 거리까지 다가왔을 때, 틱톡은 재빨리 양철 도시락 통을 휘둘렀다. 바퀴 인간의 머리에 그 이상한 무기가 날카로운 소리를 내며 부딪쳤다. 요란한 굉음과 함께 바퀴 인간이 옆으로 푹 쓰러졌다. 하지만 별로 많이 다친 것 같지는 않았다. 곧 두려움에 떠는 비명소리를 지르면서 벌떡 몸을 일으켰기 때문이었다. 바퀴 인간은 바퀴가 달린 네 발로 기어서 허겁지겁 도망갔다.

"제가 말씀 드린 대로 바퀴 인간들은 절대로 여러분들에게 해를 끼칠 수가 없습니다."

틱톡이 자신만만하게 말했다. 하지만 그가 다음 말을 꺼내기도 전에, 또 다른 바퀴 인간이 그들에게 다가왔다. 뻥! 다시 도시락 통이 바퀴 인간의 머리를 향해서 날아갔다. 순식간에 바퀴 인간이 쓴 모자가 머리에서 떨어져버렸다. 두 번째 바퀴 인간은 그것으로 충분했다. 곧장 뒤로 돌아서더니 첫번째 바퀴 인간의 뒤를 따라서 그대로 달아났다. 세번째 바퀴 인간은 도시락 통으로 얻어맞을 때까지 기다리지 않고 재빨리 바퀴를 돌려서 도망가는 동료들을 쫓아갔다.

노란 암탉은 기뻐서 꼬꼬댁거리며 울었다. 그리고 날개를 퍼덕거리며 틱톡의 어깨 위로 뛰어 올라가 앉았다.

"용감했어, 나의 구리 친구! 자네는 정말 현명해. 이제 우린 저 흉측한 놈들로부터 자유로워진 거야."

그러나 바로 그 순간 바퀴 인간들의 대부대가 숲 속에서부터 굴러 나왔다. 그들은 자신들의 수가 월등하게 많다는 사실만을 믿고서 맹렬하게 틱톡을 향해서 달려왔다. 겁에 질린 도로시는 두 팔로 빌리나를 꼭 껴안았다. 기계 인간은 도로시를 보호하기 위해서 자신의 왼쪽 팔로 어린 소녀를 감싸안았다. 이제 바퀴 인간들은 그들 바로 앞까지 다가왔다.

뻥! 뻥! 틈을 주지 않고 양철 도시락 통이 사방으로 날아갔다. 바퀴 인간들의 머리에 부딪힌 도시락 통은 요란한 소리를 내었다. 바퀴 인간들은 실제로 입은 상처보다도 그 시끄러운 소리 때문에 훨씬 더 겁에 질려서 우왕좌왕 달아났다. 모두 달아난 자리에 오직 바퀴 인간들의 우두머리만이 홀로 남게 되었다. 우두머리는 다시 한 번 양철 도시락 통으로 머리를 얻어맞고 벌렁 쓰러졌다. 틱톡은 우두머리가 미처 몸을 일으키기 전에 구리 손가락으로 적이 입고 있는 화려한 저고리의 옷깃을 단단하게 움켜잡았다.

"너의 종족들에게 꺼져버리라고 말해라."

기계 인간이 명령을 했다. 하지만 우두머리 바퀴 인간은

명령에 따르려고 하지 않았다. 틱톡은 사냥개가 쥐를 물고 흔들듯이 바퀴 인간의 목덜미를 움켜잡고 바퀴 인간의 이가 유리창 위로 떨어지는 우박과 같은 소리를 내면서 딱딱 마주칠 때까지 흔들어댔다. 그런 다음 틱톡이 목을 놓아주자, 우두머리는 다른 바퀴 인간들에게 물러가라고 큰 소리로 말했다. 바퀴 인간들은 곧 물러갔다.

틱톡이 다시 말했다.

"자, 너는 우리와 함께 가면서 내가 묻는 말에 대답을 해야 한다."

그러자 우두머리 바퀴 인간은 불만스럽게 말했다.

"나를 우습게 보지 마라. 우리는 끔찍하게 사나운 종족이다."

기계 인간이 대꾸했다.

"네가 아무리 그렇게 말해도 나는 단지 기계일 뿐이어서 슬픔이나 기쁨의 감정을 느낄 수가 없다. 그러므로 무슨 일이 일어나든지 상관하지 않는다. 하지만 네가 너 자신을 무섭다든지 사납다고 생각하는 것은 명백한 잘못이다."

"그게 무슨 소리지?"

"다른 사람들은 아무도 너를 그렇게 생각하지 않기 때문이다. 너의 바퀴 발은 어떤 사람도 해칠 수가 없다. 너는 주먹을 쥐지도 못하고 할퀼 수도 없고 머리카락조차 잡아당길 수가 없다. 그런 발로는 상대방을 걸어찰 수도 없다. 네가 할 수 있는 것이라고는 고함치고 소리 지르는 것이 전부일 뿐이다. 그런 것으로는 누구도 해치지 못한다."

갑자기 바퀴 인간이 울음을 터뜨렸기 때문에 도로시는 너무나 놀랐다.

"이제 나와 우리 종족은 끝장났어!"

바퀴 인간은 서럽게 흐느끼며 울었다.

"당신이 우리의 비밀을 눈치챘으니까 말이에요. 사실 그렇게 힘이 없기 때문에 우리의 유일한 희망은 사람들이 우리를 두려워하도록 만드는 거였어요. 우리는 아주 사납고 무서운 척하면서 모래 위에도 일부러 바퀴 인간을 조심하라는 경고를 적어 놓았죠. 그래서 지금까지는 모두에게 겁을 줄 수가 있었어요. 하지만 당신이 우리의 비밀을 알아버렸으니 곧 우리의 적들이 쳐들어와서 우리를 몹시 비참하고 불행한 처지로 만들 거예요."

"어머, 그러면 안돼."

도로시는 아름다운 옷차림을 한 바퀴 인간이 너무나 슬퍼하는 모습을 보고 동정심을 느꼈다.

"틱톡이 너희들의 비밀을 지켜줄 거야. 나와 빌리나도 그럴 거고. 다만 더 이상 아이들을 겁주지 않겠다고 약속을 해야만 해. 아이들이 너희들이 있는 곳으로 가까이 온다고 해도 말이야."

"약속할게요. 절대로 그러지 않겠어요!"

약속을 한 바퀴 인간은 울음을 그치고 점점 기쁜 표정이 되었다.

"알겠지만 사실 나는 그렇게 나쁜 사람이 아니에요. 단지 다른 사람들이 우리를 공격하지 못하게 하기 위해서 사나운 척했던 거예요."

"그건 사실이 아니다."

숲 사이로 난 길을 향해 걷기 시작하면서 틱톡이 말했다. 그는 포로가 달아나지 못하도록 단단히 붙잡고 있었다.

"너와 너의 종족들은 심술궂기 짝이 없다. 그리고 두려움에 떠는 사람들을 괴롭히는 것을 좋아한다. 너희들은 뻔뻔스럽고 불쾌하게 굴 때도 많다. 하지만 너희들이 그런 결점들을 고치려고 노력한다면, 나도 너희가 아무 힘이 없다는 사실을 아무에게도 말하지 않겠다."

"노력하겠어요, 틀림없이."

바퀴 인간은 간절하게 대답했다.

"그럼 좋다. 네가 얌전하게 굴면 그렇게 할 것이다. 자, 이제 나에게 말하라. 지금은 누가 이브의 나라를 다스리고 있나?"

"다스리는 사람이 없어요. 놈 왕이 왕족들을 모두 감옥에 가두어 버렸거든요. 그러나 우리의 마지막 왕이었던 이볼도 왕의 조카딸 랭귀데어 공주가 아주 많은 재산을 갖고서 왕궁의 한 곳에서 살고 있죠. 랭귀데어 공주는 정확히 말해서 통치자는 아니지요. 알다시피 통치를 하고 있지 않으니까요. 하지만 현재로선 그녀가 통치자에 가장 가까운 사람이에요."

"나는 그녀가 기억나지 않아. 그녀는 어떻게 생겼지?"

틱톡이 물었다.

"저는 스무 번이나 공주를 보았지만 뭐라고 말할 수가 없어요."

바퀴 인간이 대답했다.

"제가 볼 때마다 랭귀데어 공주는 다른 모습을 하고 있었거든요. 공주를 알아볼 수 있는 유일한 방법은 그녀가 언제나 왼쪽 손목에 끼고 다니는 아름다운 루비 열쇠뿐이에요. 그 열쇠를 보면 공주라는 것을 알 수가 있지요."

도로시가 이해할 수 없다는 듯이 말했다.

"이상하네. 그러니까 네 말은 아주 많은 다른 모습의 공주가 있는데 사실은 그 공주가 하나이고 같은 사람이라는 뜻이니?"

"그것하고는 좀 달라요. 물론 공주는 한 사람이죠. 하지만 공주는 매번 다른 모습으로 나타나거든요. 아주 아름다울 때도 있고 그렇지 않을 때도 있어요."

바퀴 인간이 대답했다.

"공주는 마녀가 분명해."

도로시가 자신 있게 말했다.

바퀴 인간은 큰소리로 말했다.

"저는 그렇게 생각하지 않아요. 하지만 어쨌든 공주는 어떤 비밀을 갖고 있어요. 공주는 매우 허영심이 강하고 대부분의 시간을 거울로 둘러싸인 방에서 지내지요. 거울을 들여다보면서 자신의 모습을 감상하려고 말이에요."

아무도 그의 말에 대꾸를 하지 않았다. 숲을 빠져 나오자마자, 눈앞에 펼쳐진 아름다운 골짜기의 풍경에 시선을 빼앗겼기 때문이었다. 골짜기 안에는 수많은 과일 나무들과 푸른 잔디밭이 있었고 어여쁜 농가들이 이곳저곳에 흩어져 있었으며 넓고 잘 정리된 길이 사방으로 뻗어 있었다.

그리고 그들이 서 있는 곳에서 일 마일쯤 떨어진 골짜기의 가운데에는 푸른 하늘을 배경으로 환하게 반짝거리는 왕궁의 높은 뾰족탑이 서 있었다. 이브 왕궁은 꽃들과 나지막한 나무들이 가득한 매혹적인 정원에 둘러싸여 있었다. 정원에는 딸랑딸랑 소리를 내는 여러 개의 분수가 보였고 하얀 대리석 조각들이 줄지어 서 있는 호젓한 산책길이 이

리 저리 뻗어 있었다.

일행과 함께 정원 안으로 들어간 도로시는 왕궁의 커다란 현관문 앞에 다가설 때까지, 줄곧 그 아름다운 광경들에서 눈을 뗄 수가 없었다. 하지만 실망스럽게도 그 문이 꼭 닫혀 있었다. 문 위에는 다음과 같은 글씨가 씌어진 네모난 나무 판자가 붙어 있었다.

주인 없음
왼쪽 건물에 있는 세번째 문을 두드려 주십시오

틱톡이 우두머리 바퀴 인간에게 말했다.

"어서 우리를 왼쪽 건물로 안내해라."

"그렇게 하죠. 하지만 그곳은 오른쪽으로 돌아가야 해요."

"어떻게 왼쪽 건물이 오른쪽에 있을 수가 있지?"

혹시 바퀴 인간이 그들을 속이는 것이 아닐까 싶어서 겁이 난 도로시가 물었다.

"왜냐하면 전에는 세 개의 건물이 있었는데 두 개는 부서지고 오른쪽에 있는 건물 하나만이 유일하게 남았기 때문이죠. 이것은 랭귀데어 공주가 자기를 귀찮게 만드는 방문객들을 막으려는 속임수이거든요."

바퀴 인간은 오른쪽 건물로 그들을 안내했다. 이제 틱톡

은 바퀴 인간을 붙잡고 있던 손을 놓았다. 그리고 그가 떠나든지 그들과 함께 가든지 마음대로 행동하도록 내버려두었다. 그러자 바퀴 인간은 부지런히 바퀴를 굴려서 금방 그들의 눈앞에서 사라져버렸다.

틱톡은 건물에 있는 문들을 세어보고 세번째 문을 힘차게 두드렸다.

화려한 리본으로 가장자리를 장식한 모자를 쓴 자그마한 하녀가 문을 열고 나와서 공손하게 인사를 하고 물었다.

"무슨 일로 오셨나요, 여러분?"

"당신이 랭귀데어 공주님인가요?"

도로시가 물었다.

"아니에요, 아가씨. 나는 그 분의 하인이랍니다."

하녀가 대답했다.

"부탁이에요, 공주님을 만날 수 있을까요?"

"공주님께 당신이 왔다고 말씀 드리겠습니다, 아가씨. 그리고 알현을 허락하실 것인지 물어보겠습니다. 일단 들어와서 거실에 앉아 계세요."

하녀의 말을 들은 도로시는 건물 안으로 걸어 들어갔다. 기계 인간 틱톡도 도로시의 뒤를 바짝 따라갔다. 그러나 노란 암탉이 그들을 쫓아가려고 하자, 어린 하녀는 '쉬쉬, 어서 나가!'라고 소리를 치면서 빌리나를 향해 앞치마를 펄럭거렸다.

"너나 나가! 좀더 공손하게 굴 수는 없어?"

암탉은 하녀에게 버럭 화를 내며 뒤로 물러섰다. 그리고 깃털을 잔뜩 곤두세웠다.

"어머, 너는 말을 할 줄 아는구나?"

하녀는 무척 놀라워했다.

"내 말을 못 들었어? 당장 그 건방진 앞치마를 내리고 내가 친구들과 함께 들어갈 수 있도록 문 앞에서 비켜나란 말이야!"

암탉이 대꾸했다.

"하지만 공주님이 좋아하지 않으실 거야."

망설이면서 하녀가 말했다.

"공주가 좋아하든 싫어하든 상관없어."

빌리나는 큰소리가 나게 날개를 푸드득거리면서 곧장 하녀의 얼굴로 날아갔다. 자그마한 하녀는 암탉을 피하려고 반사적으로 머리를 숙였고 암탉은 무사히 도로시가 있는 거실로 들어갔다.

"좋아요. 이 성질 고약한 암탉 때문에 당신들에게 곤란한 일이 생기더라도 나를 욕하지는 말아요. 랭귀데어 공주님을 성가시게 하는 건 안전하지 못한 짓이에요."

하녀는 한숨을 쉬었다.

"미안하지만 우리가 기다리고 있다고 공주님께 말해 주세요."

도로시가 말했다. 그리고 진지하게 한 마디 덧붙였다.

"빌리나는 내 친구예요. 그러니 내가 어디를 가든지 함께 가야만 해요."

하녀는 더 이상 아무 말도 하지 않았다. 그들은 환한 무지개빛 햇살이 아름다운 색유리창을 통해서 비춰 들어오고, 값비싼 가구들이 줄지어 늘어서 있는 호화로운 거실로 안내되었다.

"여기서 기다리세요. 공주님께 이름을 뭐라고 전할까요?"

"나는 캔자스에서 온 도로시 게일이에요. 그리고 이 신사 분은 기계 인간 틱톡이고 저기 노란 암탉은 나의 친구 빌리나예요."

자그마한 하녀는 인사를 하고 물러나왔다. 그녀는 여러 개의 복도를 지나고 두 개의 대리석 계단을 올라가서 주인이 지내는 곳으로 갔다.

랭귀데어 공주가 지내는 방은 바닥에서 천장까지 온통 거울로 둘러싸여 있었다. 천장에도 거울들이 걸려 있었고 바닥은 전신을 다 비춰볼 수 있도록 반짝거리는 은으로 만들어져 있었다. 그러므로 랭귀데어 공주가 편안한 의자에 앉아서 만돌린으로 가벼운 곡을 연주할 때면 공주의 모습이 벽과 천장과 바닥에 있는 거울들에 수백 개로 반사되었다. 공주는 어디로 머리를 돌리든지 자신의 모습을 바라보며 만족감을 느낄 수가 있었다. 공주는 거울을 보는 것을 좋아했다. 하녀가 들어왔을 때 공주는 이렇게 혼잣말을 하고 있었다.

"이 갈색 머리카락과 갈색 눈동자가 있는 머리는 무척 매력적이란 말이야. 비록 나의 수집품 중에서 가장 좋은 것은 아니지만, 뒤늦게 얻었으니 좀더 자주 사용해야겠어."

"손님이 오셨습니다, 공주님."

하녀가 깊숙이 절을 하면서 공주에게 알렸다.

"누구지?"

하품을 하면서 랭귀데어 공주가 물었다.

"캔자스에서 온 도로시 게일 양과 틱톡 씨, 그리고 빌리나입니다."

"무척 이상한 이름들이로군!"

공주는 중얼거리면서 조금 흥미를 갖기 시작했다.

"어떻게들 생겼지? 도로시 게일은 예쁘니?"

"그렇다고 할 수 있습니다."

"틱톡 씨는 매력적이야?"

"그건 뭐라고 말씀드릴 수가 없습니다. 하지만 그는 매우 영리해 보입니다. 그들을 만나시겠습니까?"

"오, 그렇게 하겠어, 난다. 하지만 나는 이 머리에는 싫증이 났어. 게다가 손님이 그렇게 아름답다면 그 여자의 미모가 나를 능가하지 못하도록 신경을 써야만 하겠지. 그래서 말인데 진열장으로 가서 17번 머리로 바꾸고 싶어. 그게 내 생각에는 가장 최고의 머리인 것 같거든. 안 그래?"

"그렇습니다. 공주님의 17번 머리는 눈부시게 아름답습니다."

공주는 다시 길게 하품을 했다. 그리고 나서 말했다.

"일어서게 도와줘."

비록 랭귀데어 공주는 하녀보다 몸집도 크고 튼튼했지만, 하녀는 공주가 일어설 수 있도록 도와주었다. 공주는 한 걸음 한 걸음 옮길 때마다 난다의 팔에 잔뜩 몸을 기대면서, 진열장을 향해 은으로 된 바닥 위를 느릿느릿 걸어갔다.

랭귀데어 공주는 30일로 이루어진 한 달에 맞추어서 서른 개의 각기 다른 머리를 갖고 있었다. 물론 목은 하나였으므로 공주는 한 번에 하나씩만 사용할 수가 있었다. 그 머리들은 공주가 '진열장'이라고 부르는 방에 보관되어 있었는데, 그 방은 랭귀데어 공주의 침실과 거울로 둘러싸인 거실 사이에 위치한 아름다운 옷방이었다.

각각의 머리는 따로 따로 벨벳을 두른 작은 벽장들에 들어 있었다. 옷방의 벽에 빙 둘러 서 있는 그 벽장들은 황금으로 정교하게 번호가 새겨져 있었고 벽장의 안쪽에는 보석을 박은 거울이 달려 있었다.

아침이 되어 수정으로 만든 침대에서 일어나면, 공주는 제일 먼저 자신의 진열장으로 달려갔다. 그리고 벨벳을 두른 벽장들 중에 하나를 열고 황금으로 장식된 진열대에서 머리를 꺼냈다. 공주는 벽장문 안쪽에 달려 있는 거울을 보면서 되도록 단단하게 머리를 목에 붙인 다음, 하녀를 불러서 그날의 옷을 입히라고 명령했다.

공주는 늘 어떤 머리에나 잘 어울릴 수 있는 단순하고 깨끗한 의상을 입었다. 마음이 내킬 때면 언제든지 얼굴을 바꿀 수가 있었으므로 어쩔 수 없이 언제나 똑같은 얼굴을 하고 있어야 하는 다른 여자들처럼 다양한 의상을 입는 일에는 관심이 없었던 것이다.

당연히 30개의 머리들은 한결같이 무척 아름다울 뿐만 아니라 비슷하게 생긴 것은 하나도 없었다. 회색 머리를 제외한 금발, 갈색, 풍성한 다갈색, 검은 색 등 온갖 색깔의 머리들이 있었고 파란 눈, 회색 눈, 다갈색 눈, 갈색 눈, 검은 눈 등이 있었다. 다만 빨간 색 눈은 없었다. 하지만 모두가 별처럼 반짝 반짝 빛나고 아름다웠다.

코는 그리스형, 로마형, 들창코와 동양형 등 모든 형태의 아름다운 코들이 붙어 있었다. 그리고 진주 같은 치아가 드러나는 입들은 모양과 크기가 다양했으며 뺨과 턱에는 더할 수 없이 어여쁜 보조개가 있었다. 그리고 한두 개의 얼굴에는 매끄러운 피부를 더욱 강조하려는 듯 사랑스런 주근깨가 박혀 있었다.

그러한 보물들을 보관하고 있는 벨벳 벽장들은 피처럼 붉은 루비가 박혀져 있는 오직 하나의 열쇠로 열 수 있었는데, 그 열쇠는 공주가 항상 왼쪽 손목에 차고 있는 가느다란 팔찌에 단단하게 달려 있었다.

랭귀데어 공주는 난다의 부축을 받으며 17번 벽장 앞에 섰다. 루비 열쇠로 벽장 문을 연 공주는 목에 붙였던 9번 머리를 하녀에게 넘겨주었다. 그리고 나서 진열대에서 17번 머리를 꺼내서 목에 붙였다. 그 머리는 검은 머리카락과 검은 눈동자 그리고 가지런한 하얀 치아와 하얀 피부를 하고 있었다. 그 머리를 목에 붙이자 공주는 자신이 눈부시게 아름답다고 느꼈다.

하지만 17번 머리에는 단 한 가지 문제가 있었다. 그것은 윤기 흐르는 검은 머리카락 어딘가에 숨어 있는 불같이 성급하고 가혹하며 굉장히 거만한 성질이었다. 그 못된 성질 때문에 공주는 종종 생각지도 못한 나쁜 행동을 저지르곤 했다. 그리고 다른 머리로 바꾸어 붙인 후에는 자신이 한 일을 후회하는 것이었다.

하지만 공주는 오늘만큼은 그런 성질을 잊어버리기로 했다. 공주는 자신의 미모가 손님들을 놀라게 할 것이라는 확

신을 갖고 자신만만하게 거실로 향했다.

그러나 공주는 자신을 기다리는 손님들이 겨우 무명옷을 입은 어린 소녀와 태엽을 감아야만 작동하는 구리 인간, 그리고 재봉 바구니 위에 만족스럽게 앉아 있는 노란 암탉이라는 것을 알고 크게 실망했다.

"맙소사!"

랭귀데어 공주는 17번 머리의 코를 약간 위로 쳐들면서 탄식했다.

"나는 뭔가 중요한 용건이 있는 줄 알았는데."

"바로 맞추셨어요."

도로시가 크게 대답했다.

"저는 굉장히 중요한 일이 있어요. 빌리나는 알을 낳으면 이 세상에서 가장 멋있는 소리로 꼬꼬댁하고 우는 암탉이랍니다. 그리고 틱톡은……."

"그만, 그만!"

공주가 큰소리로 외쳤다. 공주의 아름다운 두 눈에 분노의 불길이 번쩍거렸다.

"어떻게 감히 쓸데없는 수다로 나를 성가시게 하는 거냐?"

"어머, 당신은 무서운 사람이로군요!"

그렇게 사나운 모습을 별로 본 적이 없는 도로시가 깜짝 놀라 소리쳤다.

공주는 좀더 가까이 와서 도로시를 쳐다보며 다시 입을

열었다.

"말하거라, 너는 왕족이냐?"

"아니오. 저는 캔자스에서 왔어요."

"흥! 너는 어리석은 아이이니 나를 성가시게 굴도록 허락할 수가 없다. 당장 나가거라, 멍청한 꼬마야. 나가서 다른 사람이나 괴롭히거라."

공주는 쌀쌀맞게 소리를 질렀다.

도로시는 너무나 화가 나서 잠시 동안 무슨 말을 해야 할지 알 수가 없었다. 그러나 도로시가 의자에서 벌떡 일어나 그 방을 나가려고 할 때, 도로시의 얼굴을 자세히 관찰하고 있던 공주는 도로시를 불러 세웠다. 그리고 조금 전보다 훨씬 부드러운 목소리로 물었다.

"나에게 가까이 오너라."

도로시는 두려워하지 않고 공주의 명령을 따랐다. 그러자 랭귀데어 공주는 도로시의 얼굴을 가까이 들여다보며 꼼꼼하게 살펴보았다.

"너는 꽤 매력적이로구나. 너도 알고 있겠지만 그다지 아름다운 얼굴은 아니야. 하지만 너는 내가 갖고 있는 30개의 머리에서는 찾아볼 수 없는 특별한 개성을 갖고 있구나. 그러니 내가 너의 머리를 갖고 대신 너에게는 26번 머리를 주겠다."

"말도 안돼요!"

도로시가 소리쳤다.

"순순히 복종하는 것이 좋아."

공주는 냉정하게 말을 계속했다.

"나는 너의 머리를 내 수집품 중에 하나로 삼아야겠다. 이브의 나라에서는 나의 뜻이 곧 법이야. 26번 머리는 거의 쓰지 않아서 새것과 마찬가지야. 게다가 그건 지금 네 목에 붙어 있는 머리만큼이나 잘 만들어져 있어."

"나는 공주님의 26번 머리에 대해서는 아무것도 몰라요. 그리고 그걸 갖고 싶지 않아요. 나는 다른 사람이 쓰다가 버린 물건들을 쓰지는 않을 거예요. 그냥 내 머리를 갖고 있을 거예요!"

"싫다고?"

공주가 사납게 소리를 질렀다.

"절대로 싫어요."

"그렇다면 네가 내 말에 복종을 할 때까지 감옥에 가두어 놓겠다. 난다!"

공주는 하녀를 향해 몸을 돌리고 명령했다.

"병사들을 불러라."

난다는 은으로 만든 종을 울렸다. 그러자 즉시 선홍색 제복을 입은 뚱뚱하고 거대한 몸집의 대령이 들어왔다. 그의 뒤에는 하나같이 슬프고 기운이 없어 보이며 깡마른 열 명의 병사들이 따르고 있었는데 그들은 울적한 모습으로 공주에게 경례를 했다.

"저 계집아이를 북쪽 탑 감옥으로 데리고 가서 가두어

라!"

공주가 도로시를 손가락으로 가리키며 큰소리로 말했다.

"분부대로 따르겠습니다."

붉은 옷을 입은 뚱뚱한 대령이 도로시의 팔을 붙들었다. 그러나 그 순간 틱톡이 손에 들고 있던 저녁거리 도시락 통을 번쩍 치켜올리더니 대령의 머리를 후려쳤다. 거대한 몸집의 대령은 갑작스러운 충격을 받고서 바닥에 털썩 주저앉았다. 몹시 얼떨떨하고 당황한 듯이 보였다.

"도와줘!"

그가 소리치자 열 명의 깡마른 병사들이 대령을 구하기 위해서 달려왔다.

그 다음의 짧은 순간 동안 틱톡은 눈부신 활약을 보였다. 그는 일곱 명의 군인들을 도시락 통으로 쳐서 바닥에 쓰러뜨렸다. 그러나 나머지 군인들을 향해서 다시 한 번 도시락 통을 들어올렸을 때 갑자기 기계 인간은 동작을 할 수가 없게 되었다. 틱톡은 손가락 하나 꼼짝하지 못했다.

"동작 태엽이 다 됐습니다. 태엽을 감아 주십시오. 빨리!"

그가 도로시에게 주문했다.

도로시는 틱톡의 말대로 하려고 노력했다. 그러나 그때는 뚱뚱한 대령이 다시 일어선 후였다. 대령은 도로시를 단단히 붙들었고 도로시는 그의 손을 빠져나갈 수가 없었다.

틱톡이 말했다.

"최악의 상황이로군요. 최소한 여섯 시간은 움직이리라고 생각했는데 말입니다. 아무래도 너무 오래 걸은 데다가 바퀴 인간들하고 싸우느라고 보통 때보다 태엽이 빨리 풀린 것 같습니다."

"어쩔 수 없지 뭐."

도로시는 한숨을 쉬었다.

"나와 머리를 바꾸겠느냐?"

공주가 다시 물었다.

"싫어요, 절대로!"

"그럼 이 아이를 감옥에 가두어라!"

랭귀데어가 병사들에게 명령을 하자, 병사들은 도로시를 왕궁 북쪽에 있는 높은 탑의 감옥으로 끌고 가서 가두어 버렸다.

다음에 병사들은 틱톡을 들려고 했다. 하지만 기계 인간은 너무나 단단하고 무거워서 움직일 수가 없었다. 그래서 병사들은 틱톡을 거실 한가운데에 그냥 내버려두었다.

랭귀데어는 틱톡을 보면서 중얼거렸다.

"사람들은 내가 새로운 동상을 손에 넣었다고 생각할 거야. 어쨌든 상관없어. 난다에게 이걸 언제나 윤이 나게 닦으라고 해야지."

"저 닭은 어떻게 할까요?"

그때 재봉 바구니에 앉아 있는 빌리나를 발견한 대령이 물었다.

"닭장에 집어넣어라. 언젠가 아침 식사로 잡아먹을 테니."

"저 닭은 보기보다 사납습니다, 공주님."

하녀인 난다가 주저하며 말했다.

"말도 안되는 소리! 그건 치사한 모략이야! 그렇지만 어쨌든 나는 공주란 사람들이 먹으면 독이 되는 것으로 알려진 품종이라고."

빌리나는 날카롭게 소리를 지르며 대령의 팔에서 벗어나려고 미친 듯이 발버둥을 쳤다. 그 모습을 보면서 랭귀데어는 차갑게 대꾸했다.

"그렇다면 튀겨 먹지 않고 알을 낳게 하겠다. 네가 제대로 알을 낳지 않으면 말들이 물을 마시는 물통 속에 빠뜨려서 죽여버리겠어."

7
오즈마의 도움

난다가 도로
시의 저녁 식사로 빵
과 물을 가지고 왔다.
도로시는 베개 하나와
비단 이불 하나만을 가지고 딱
딱한 돌 침대 위에서 잠이 들었다.
　아침이 되자 도로시는 감옥 창문
밖으로 몸을 기댄 채, 빠져나갈 방법이
없을까 궁리했다. 도로시가 있는 곳은 지금
우리가 살고 있는 현대적인 건물들과 비교하면
그다지 높지 않았다. 그러나 근처에 서 있는 나무
들보다는 굉장히 높았고 도로시가 보았던 예쁜 농가들과는 너무 멀리 떨어져 있었다.

탑의 동쪽으로 숲과 모래밭, 그리고 넓은 바다가 보였다. 도로시가 닭장을 타고서 이 이상한 나라에 상륙했던 곳으로 짐작되는 해변은 아주 멀리 있어서 마치 점처럼 보일 정도였다.

도로시는 고개를 돌려서 북쪽을 바라보았다. 북쪽은 깊고 험한 골짜기가 두 개의 울퉁불퉁한 바위산 사이로 보이고 멀리 골짜기가 끝나는 곳에는 산이 가로막혀 있었다.

서쪽은 이브 왕국의 비옥한 영토가 갑자기 끝나면서 무한히 펼쳐진 모래 사막만이 보였다. 도로시는 아마도 저 사막이 신기한 오즈의 나라를 둘러싸고 있는 사막일 것이라고 짐작했다. 문득 자신 이외에는 이 위험하고 황량한 사막을 통과한 사람이 아무도 없다는 생각이 떠오르자, 우울한 기분이 들었다. 한 번은 큰 회오리바람에 휘말려서 사막을 건넜고 그 다음에는 요술 은구두를 신고서 다시 사막을 건너 돌아올 수가 있었다. 그러나 지금은 불어올 회오리바람도 없고 도와줄 은구두도 없었다. 더구나 지금 자신이 처한 현실은 가혹하기만 했다. 머리를 바꾸자는 공주의 명령에 따르지 않았기 때문에 감옥에 갇힌 죄수의 신세가 되어버린 것이다.

오즈의 나라에 있는 옛 친구들로부터 도움을 바랄 수도 없을 것 같았다. 이런 생각에 잠겨서 도로시는 좁은 창문 너머로 밖을 내다보았다. 사막 어디에도 살아서 움직이는 생물의 모습은 보이지 않았다.

그런데, 잠깐! 분명히 무엇인가 사막에서 움직이고 있었다. 처음에 도로시는 그것을 알아차리지 못했다. 그저 희미한 구름처럼 보이던 것이 은빛 점으로 바뀌었고 이제는 도로시가 있는 성쪽을 향해서 빠르게 달려오는 커다란 무지개처럼 보였다.

저게 뭐지? 도로시는 어리둥절했다.

그러는 동안에도 그것은 빠른 속도로 다가왔고 마침내 도로시는 그것이 무엇인지 알게 되었다.

그것은 놀라운 행렬을 이끌고 있는 커다란 초록색 양탄자였다. 도로시는 자신의 눈앞에서 벌어지는 광경을 믿을 수가 없어서 눈을 동그랗게 떴다.

제일 앞에 걸어오고 있는 것은 거대하고 위풍당당한 사자와 호랑이였다. 어깨를 나란히 한 사자와 호랑이는 마치 순종 혈통의 말들처럼 훌륭하고 우아하게 호흡을 맞추어서 화려한 황금 전차를 끌고 있었다. 그 전차 안에는 은빛으로 반짝이는 긴 옷을 입고 우아한 머리에는 보석으로 장식한 왕관을 쓴 아름다운 소녀가 서 있었다. 소녀는 한 손에 사자와 호랑이를 다루기 위한 비단 리본을 쥐었고 다른 한 손에는 끝이 두 갈래로 갈라지고 각각의 갈라진 끝에는 반짝이는 다이아몬드를 촘촘히 박아서 '오'와 '즈'라고 새긴 상아색 지팡이를 들고 있었다.

소녀는 도로시와 거의 같은 또래였으며 몸집도 비슷했다.

높은 감옥 안에서 이 광경을 바라보던 도로시는 즉각 황금 마차를 모는 그 아름다운 소녀가 아마도 틱톡으로부터 이야기를 들었던 오즈마일 것이라고 짐작했다.

도로시는 옛날 친구 허수아비가 그 전차 뒤를 바짝 따라오는 것을 보았다. 허수아비는 침착하게 나무로 만든 말을 타고 있었는데 그 말은 여느 살아 있는 말들 못지 않게 빠르고 자연스럽게 달리고 있었다.

허수아비의 뒤에는 양철 나무꾼이 오고 있었다. 그는 깔때기 모양의 모자를 왼쪽으로 비스듬하게 아무렇게나 쓰고 있었고 오른쪽 어깨 위에는 번쩍이는 도끼를 둘러메고 있었다. 그의 몸은 도로시가 처음 그를 만났던 옛날과 마찬가지로 눈부시게 반짝거렸다.

양철 나무꾼은 스물 일곱 명의 병사들을 거느린 채, 행진해오고 있었다. 군인들 중에 몇 명은 말랐고 몇 명은 뚱뚱했으며 몇 명은 키가 작고 몇 명은 키가 컸다. 그러나 스물 일곱 명 모두 아주 멋지고 다양한 제복을 입고 있었고 서로 비슷하게 보이는 제복은 하나도 없었다.

신기한 초록색 양탄자는 군인들의 뒤쪽까지 넉넉하게 펼쳐져 있었다. 덕분에 군인들은 생명을 앗아가는 무서운 사막에서 발에 모래 한 알 묻히지 않고 편안하게 행진을 할 수가 있었다.

도로시는 이내 그것이 마법의 양탄자임을 깨달았다. 머지 않아 이 감옥에서 구출되어서 오즈 나라의 그리운 옛날 친구들인 허수아비와 양철 나무꾼 그리고 겁쟁이 사자를 만날 수 있게 되리라는 생각을 하자, 도로시의 가슴은 희망과 기쁨으로 콩닥거렸다.

도로시는 옛 친구들의 용기와 신념을 누구보다 잘 알고 있었고 그들과 함께 오즈의 나라에서 온 일행들이라면 누구나 선량하며 믿을 만한 사람들이라는 것을 굳게 믿었다.

아름답고 우아한 오즈마와 행진하는 군인들의 행렬은 눈 깜짝할 사이에 이브 나라의 푸른 풀밭 위에 이르렀다. 그러자 양탄자는 저절로 도르르 말리더니 흔적도 없이 사라져 버렸다.

도로시가 감옥의 창문을 통해서 흥분에 가득 찬 눈빛으로 내려다보는 동안 전차를 모는 오즈마는 사자와 호랑이의 머리를 궁전으로 향하는 넓은 길 쪽으로 돌렸다.

행렬은 궁전의 현관문 앞에 바짝 다가와서 멈추었다. 허수아비가 목마에서 내려와 나무판자가 걸린 문 앞으로 걸어왔다. 그는 소리내어서 판자에 씌어진 글을 읽었다.

바로 위에서 허수아비를 지켜보던 도로시는 더 이상 가만히 입을 다물고 있을 수가 없었다.

"나 여기 있어!"

도로시는 목청껏 소리를 질렀다.

"나 도로시야!"

"도로시 누구라고?"

허수아비가 이렇게 물으면서 머리를 한껏 젖혀서 위쪽을

바라보았다. 그 바람에 하마터면 균형을 잃고 뒤로 넘어질 뻔했다.

"물론 도로시 게일이지! 캔자스에서 온 네 친구 말이야."

도로시는 큰소리로 대답했다.

"믿을 수가 없군. 반가워, 도로시! 그런데 그 위에서 뭐 하고 있는 거야?"

허수아비가 소리쳤다.

"아무것도 안 해. 아무것도 할 게 없거든. 나를 구해줘, 내 친구야. 나를 구해줘!"

도로시가 아래를 향해 부탁했다.

"너는 지금 아주 안전해 보이는걸."

"하지만 나는 죄수야. 나는 이 안에 갇혀서 나갈 수가 없어."

"그거라면 괜찮아. 도로시, 더 나쁜 일도 얼마든지 있어. 잠깐만 생각해 봐도 알 수 있다고. 적어도 너는 물에 빠져 죽거나 바퀴 인간에게 치이거나 사과나무에서 떨어지지는 않았잖아. 어떤 사람들은 거기 있는 걸 행운으로 생각할 거라고."

"그렇지만 나는 아니야. 나는 당장 아래로 내려가서 너와 양철 나무꾼 그리고 겁쟁이 사자를 만나고 싶어."

"좋아, 네 말대로 될 거야, 어린 내 친구야. 그런데 누가 너를 가두었니?"

"랭귀데어 공주라고, 아주 끔찍한 사람이야."

이때 두 사람의 대화를 주의 깊게 듣고 있던 오즈마가 전차 안에서 도로시에게 큰소리로 물었다.

"어째서 공주가 당신을 그곳에 가두었죠?"

"제가 제 머리를 공주에게 주고 공주가 잘 사용하지 않는 다른 머리를 받으려고 하지 않았기 때문이에요."

"그 말을 들으니 당신은 잘못이 없군요. 내가 당장 공주를 만나서 풀어주라고 하겠어요."

오즈마가 즉각 이렇게 말했다.

"어머, 정말 정말 고마워요."

도로시는 오즈의 나라를 다스리는 소녀 통치자의 부드러운 목소리를 들으면서 오즈마가 곧 자신을 구해 주리라는 것을 느꼈다.

오즈마는 곧 오른쪽 건물에 있는 세번째 문으로 전차를

몰아갔다. 양철 나무꾼이 급하게 문을 두드렸다.

하녀가 문을 열자마자, 상아색 지팡이를 든 오즈마는 사자와 호랑이를 제외한 나머지 일행들을 거느리고 안으로 들어갔다. 그리고 곧장 거실로 향했다. 스물일곱 명의 병사들이 요란한 소리를 내면서 안으로 들어오는 것을 보고 자그마한 하녀 난다는 비명을 지르며 랭귀데어 공주가 있는 이층으로 도망갔다. 자신의 궁궐을 난폭하게 침입한 적들에 대해서 이야기를 들은 랭귀데어 공주는 크게 화를 내면서 누구의 도움도 받지 않고 자리에서 벌떡 일어났다. 그리고 한걸음에 거실로 달려갔다.

공주는 오즈의 나라에서 온 날씬하고 고상한 작은 소녀 앞에 우뚝 서서 소리를 질렀다.

"어째서 감히 내 허락도 받지 않고 나의 궁궐에 들어왔느냐? 당장 이 방에서 꺼져라. 그렇지 않으면 너와 다른 놈들을 모두 쇠사슬로 묶어서 깜깜한 지하 감옥에 던져 넣을 것이다!"

"정말 위험한 여자인데!"

허수아비가 작은 목소리로 중얼거렸다.

"신경질적인 여자야."

양철 나무꾼이 대꾸했다.

그러나 오즈마는 화가 난 공주 앞에서 미소만 지었다.

"부탁이니 앉아요. 나는 당신을 만나려고 먼 길을 왔어요. 그러니 당신은 내가 하는 이야기를 들어야만 해요."

"들어야만 한다고!"

검은 눈을 사납게 빛내면서 공주가 째지는 소리를 질렀다. 공주는 여전히 17번 머리를 하고 있었던 것이다.

"들어야만 한다고, 감히 나에게!"

오즈마는 침착하게 말했다.

"분명히 밝히겠는데 나는 오즈의 왕이고 마음만 먹으면 당신의 왕국을 완전히 멸망시킬 수 있을 만큼 강력한 힘을 갖고 있어요. 하지만 내가 여기에 온 것은 누구를 해치기 위해서가 아니라 잔인한 놈 왕의 손에 붙잡혀 있는 이브 나라의 왕족을 구하기 위해서예요. 나는 그가 이브 왕국의 왕비와 열 명의 아이들을 가두었다는 소식을 들었어요."

이 말을 듣자, 랭귀데어는 갑자기 조용해지면서 공손하게 말했다.

"정말로 당신이 나의 숙모님과 열 명의 아이들을 구할 수만 있다면 얼마나 좋겠습니까. 그들이 다시 원래의 모습과 지위를 되찾아서 이브 왕국을 다스릴 수만 있다면 나도 많은 근심과 걱정에서 해방될 텐데 말이죠. 지금 나는 10분마다 국정에 관련된 결정들을 내려야만 한답니다. 그런데 나는 그런 일을 하기보다는 내가 모아 놓은 아름다운 머리들을 감상하면서 시간을 보내는 편이 훨씬 더 좋거든요."

"그렇다면 이제 함께 의논을 해서 당신의 숙모님과 사촌들을 구할 방법을 찾아봅시다. 하지만 그 전에 먼저 당신이 탑의 감옥에 가둔 어린 소녀부터 풀어주도록 하세요."

오즈마가 요구하자, 공주는 기꺼이 승낙했다.

"당연히 그래야죠. 사실 그 아이에 대해선 완전히 잊고 있었습니다. 그 아이를 가둔 건 어제였고 당신도 아시겠지만 공주란 어제 했던 일을 기억할 수 없는 법이거든요. 나와 함께 갑시다. 당장 그 아이를 풀어 주겠습니다."

그래서 오즈마는 랭귀데어 공주의 뒤를 따라서 계단을 지나 높은 탑의 감옥으로 올라갔다.

그 동안 오즈마를 따라온 일행들은 거실에 남아서 기다렸다. 허수아비는 구리 동상에 비스듬히 몸을 기댔다. 그 순간 허수아비의 귀에 딱딱한 금속성 목소리가 들려왔다.

"제발, 내 발을 밟지 말아 주십시오. 당신이 내 발을 더럽히고 있습니다."

"앗, 실례!"

허수아비는 급히 뒤로 물러섰다. 그리고 조심스럽게 물었다.

"너는 살아 있니?"

틱톡이 대답했다.

"아닙니다. 나는 기계입니다. 하지만 태엽을 감아주면 생각하고 말하고 움직일 수가 있습니다. 지금은 나의 동작 태엽이 다 풀려 있는 상태이고 도로시가 태엽 열쇠를 갖고 있습니다."

"잘 됐군. 도로시는 곧 풀려날 거야. 그러면 너를 움직이게 하겠지. 하지만 살아 있지 않다는 건 정말 불행하지. 안됐어."

허수아비가 말했다.

"어째서 내가 안됐다고 말하는 겁니까?"

"네겐 내가 갖고 있는 것과 같은 뇌가 없기 때문이야."

허수아비가 대답했다.

"아, 그렇습니까? 그거라면 나도 갖고 있습니다. 내가 가진 뇌는 스미스와 틴커 씨가 만든 쇠로 된 기계 장치들입니다. 그 장치들이 나를 생각할 수 있도록 만들어 줍니다. 그런데 당신 머리 속에 있는 뇌란 어떤 것입니까?"

틱톡이 묻자 허수아비는 솔직하게 대답했다.

"그건 나도 모르겠어. 위대한 마법사 오즈가 나에게 뇌를 주었거든. 그런데 내가 그것을 자세히 검사해 보기 전에 내

머리 속에 집어넣어 버렸어. 하지만 그건 매우 부지런히 움직이면서 나의 의식을 활발하게 만들고 있어. 너는 의식이 있니?"

"없습니다."

"그러면 심장도 없겠구나?"

그때 이들의 대화에 흥미를 느끼면서 듣고 있던 양철 나무꾼이 끼어들었다.

"없습니다."

틱톡이 말했다.

"그렇다면 너는 내 친구인 허수아비나 나보다 크게 열등하구나. 우린 둘 다 살아 있고 허수아비는 태엽을 감아줄 필요가 없는 뇌를 갖고 있으며 나는 언제나 활발하게 뛰는 심장을 가슴에 갖고 있으니 말이야."

"축하합니다. 나는 단지 기계일 뿐이니까 당신들보다 열등하다고 해도 어쩔 수 없습니다. 나는 태엽을 감아주면 태엽이 다 풀릴 때까지만 움직일 뿐입니다. 당신들은 내가 얼마나 복잡한 기계로 만들어졌는지 모를 것입니다."

그 말을 듣자 허수아비는 친절하게 약속을 했다.

"짐작할 수 있어. 그러니까 너에게 조금도 손을 대지 않겠어. 나는 기계에 대해서는 거의 아는 게 없어서 너를 망가뜨릴지도 모르니까."

"고맙습니다."

바로 그때 오즈마가 도로시의 손을 잡고서 그 방으로 들어왔다. 뒤에는 랭귀데어 공주가 따라오고 있었다.

8
배고픈 호랑이

도로시는

제일 먼저 허수아
비의 품안으로 달
려갔다. 밀짚이 채워
진 가슴으로 도로시를
꽉 끌어안은 허수아비는
그림을 그려 넣은 얼굴 가득
히 행복한 미소를 떠올렸다. 그
다음에는 양철 나무꾼이 도로시를
아주 살짝 끌어안았다. 양철 나무꾼은
양철 팔로 너무 힘껏 끌어안으면 도로
시가 다칠지도 모른다는 사실을 잘 알고 있었다.

옛 친구들과 반가운 인사가 끝나자, 도로시는 호주머니에서 태엽 나사를 꺼내었다. 그리고 기계 인간이 친구들과 인사를 나눌 수 있도록 기계 인간의 동작 태엽을 감았다. 태엽을 감는 동안 도로시는 친구들에게 틱톡이 자신을 구해 준 이야기를 해 주었다. 그러자 허수아비와 양철 나무꾼은 한 번 더 기계 인간의 손을 잡고 흔들면서 도로시를 보호해 준 것에 대해서 고마움을 나타냈다.

그때 도로시가 물었다.

"빌리나는 어디에 있지?"

허수아비가 고개를 흔들었다.

"나는 몰라. 빌리나가 누구야?"

"또 다른 내 친구인 노란 암탉이야. 빌리나는 어떻게 된 걸까?"

도로시는 걱정스러웠다.

"빌리나는 뒤뜰에 있는 닭장 속에 있다. 나의 거실에 암탉을 놓아 둘 수는 없어."

랭귀데어 공주가 말했다. 그러나 도로시는 더 이상 공주의 말을 들으려고 하지 않고 빌리나를 꺼내오기 위해서 달려갔다. 하지만 문을 나서자마자, 커다란 호랑이와 함께 아직 전차에 매여 있는 겁쟁이 사자와 마주쳤다. 겁쟁이 사자는 두 귀 사이에 나 있는 긴 갈기에 큼지막한 파란 나비 리본을 매달고 있었고 호랑이는 털이 무성하게 나 있는 꼬리 끝에 빨간 나비 넥타이를 매달고 있었다.

순식간에 도로시는 거대한 사자의 품속에 안겼다.

"다시 만나서 너무나 기뻐!"

도로시는 소리쳤다.

"나도 너를 다시 만나서 기뻐, 도로시. 우린 함께 정말 멋진 모험을 했었지, 안 그래?"

"그래, 사실이야. 그런데 너는 어떻게 지내니?"

용맹한 야수는 온순하게 대답을 했다.

"이전에 겁쟁이였을 때에는 작은 일에도 깜짝 놀라고 심장이 마구 뛰었었지. 하지만 이젠 나의 새로운 친구인 배고픈 호랑이를 소개해 줄게."

"어머, 배가 고프다고?"

도로시는 몸을 돌려서 호랑이를 바라보았다. 바로 그때 호랑이는 두 줄의 무시무시한 이빨을 드러내면서 누구라도 삼킬 수 있을 만큼 커다란 입을 벌려서 찢어지게 하품을 하고 있었다.

"지독하게 배가 고파."

이렇게 대꾸를 하고 호랑이는 맹렬하게 아래턱을 딱딱 부딪쳤다.

"그럼 뭘 좀 먹지 그래?"

도로시가 물었다.

"소용없어. 그렇게 해봤지만 금방 배가 고파지거든."

호랑이가 서글프게 말했다.

"글쎄, 그건 나도 마찬가지야. 나도 늘 먹는걸."

"하지만 너는 누구를 해치지 않고 먹잖아. 그러니까 괜찮지. 그런데 나는 사나운 맹수라서 새끼 원숭이에서부터 통통한 새끼 돼지까지 불쌍하고 힘없는 동물들을 잡아먹는단 말이야."

"어머 무서워라!"

도로시는 깜짝 놀라서 외쳤다. 배고픈 호랑이는 길고 붉은 혀로 입술을 핥으면서 대꾸했다.

"너무 무서워하지 마. 늘 그러는 건 아니니까. 하지만 통통한 새끼 돼지들을 생각해 봐! 꿀꿀거리는 소리가 맛있게 들리지 않니? 그래도 나는 결코 닥치는 대로 잡아먹지 않아. 나의 양심이 그러는 건 잘못이라고 말하기 때문이야. 만약 나에게 양심이 없었다면 아마 새끼 돼지들을 잡아먹고 금방 다시 배고파 했을 거야. 그건 새끼 돼지가 쓸데 없이 희생을 당했다는 뜻이지. 그러면 안돼. 나

는 본래 배가 고프게 태어났고 그러니 죽을 때까지 배가 고플 거야. 나는 양심이 후회할 만한 잔인한 짓을 저지르지 않으려고 애쓰고 있어."

"너는 정말 착한 호랑이 같구나."

도로시는 호랑이의 커다란 머리를 쓰다듬어 주었다.

"어쩌면 나는 성질이 나쁜 호랑이일 뿐인데 내가 나를 착한 호랑이로 잘못 알고 있는 걸 거야. 호랑이들은 천성이 잔인하고 사납거든. 그래서 해롭지 않게 누군가를 잡아먹지 않으려고 겁쟁이 사자와 함께 다니고 있는 거란다."

"그렇지만 사자는 진짜로 겁쟁이가 아니야. 나는 사자가 정말 용감하게 행동하는 것을 본 적이 있어."

"모두 실수였어, 도로시. 다른 사람들은 나를 용감하게 보는지 몰라도 나는 아직도 위험을 만날 때마다 겁이 나."

사자가 우울하게 말했다. 도로시는 사자의 말에 진심으로 동감했다.

"나도 그래. 하지만 지금 나는 어서 가서 빌리나를 구해야만 해. 그리고 나서 다시 만나자."

도로시는 궁전 뒤뜰로 달려갔다. 그리고 시끄럽게 꼬꼬댁거리는 소리와 날개를 치는 소리, 흥분한 닭들이 질러대는 소리를 따라가보니, 과연 닭장을 찾을 수 있었다.

닭장 안에서는 무슨 일이 벌어지고 있는 것 같았다. 도로시는 닭장 문 틈으로 암탉들과 수탉들이 와글거리며 한구석에 몰려 서서 마치 빙글빙글 회전하는 깃털 뭉치 같은 것을 지켜보는 것을 보았다. 그 깃털 뭉치는 닭장 이곳저곳으로 뛰어다녔고 도로시는 처음에 그게 무엇인지 알 수가 없었다. 그러는 동안에도 닭들은 도로시의 귀가 멀 정도로 날카롭게 계속 울어댔다.

갑자기 빙글빙글 돌던 깃털 뭉치가 딱 멈추었다. 그리고 놀랍게도 도로시의 눈에 빌리나가 기진맥진한 얼룩배기 수탉 위에 올라타고 있는 광경이 보였다. 잠깐 동안 닭들은 꼼짝도 하지 않았다. 그러나 다음 순간 노란 암탉이 날개를 흔들면서 승리의 꼬꼬댁 소리를 질렀다. 암탉은 자랑스럽게 거드름을 피우면서 문을 향해 걸어왔다. 얼룩배기 수탉은 흙바닥에 날개를 끌면서 절뚝거리는 걸음으로 무리 지어 서 있는 다른 닭들 틈에 숨었다.

"어머나, 빌리나! 네가 싸웠니?"

도로시가 충격을 받은 목소리로 외쳤다.

"그럼 누구겠어. 저 못된 얼룩이 수탉놈이 잘난 척하면서 이 닭장을 지배하도록 내가 내버려둘 것 같아? 내 부리와 목청이 이렇게 성한데도? 나는 용감한 빌이야. 그렇게 둘 수는 없어."

빌리나가 의기양양하게 대꾸했다.

"너는 빌이 아니라 빌리나야. 그리고 너는 지금 아주 좋지 않은 말을 쓰고 있어. 어쨌든 꺼내 줄 테니까 이리 와, 빌리나. 오즈 나라의 오즈마 공주가 여기 왔어. 그리고 나를 구해주었어."

도로시는 닭장 문을 열어서 노란 암탉이 나올 수 있도록 했다. 구석에 몰려 있는 다른 닭들은 꼼짝도 하지 않고 조용히 그들을 지켜보았다.

도로시는 빌리나를 팔에 안아 들고 흥분해서 소리쳤다.

"세상에, 빌리나! 네 모습 좀 봐. 깃털은 왕창 빠지고 한쪽 눈은 부리에 찍힌 데다가 벼슬에선 피가 흐르잖아!"

"상관없어. 그 얼룩배기 수탉놈 봤지! 내가 그놈을 아주 납작하게 만들었잖아?"

도로시는 빌리나를 안고 궁전으로 걸어가며 그렇게 싸우면 안된다고 계속 타일렀다.

곧 도로시와 빌리나는 겁쟁이 사자와 배고픈 호랑이가 있는 곳에 도착했다. 도로시는 그들에게 암탉을 소개했다.

"도로시의 친구라면 누구든지 환영이야. 지금 네 모습으로 짐작하건대 너는 나와 같은 겁쟁이는 아닌 것 같구나."

겁쟁이 사자가 정중하게 말했다.

"나는 너를 보니까 군침이 도는걸."

배고픈 호랑이는 빌리나를 탐욕스럽게 바라보며 침을 삼켰다. 그러나 곧 호랑이는 고개를 흔들며 말을 이었다.

"아이고, 이런! 내가 너를 입에 넣고 우두둑 깨문다면 아주 맛이 좋겠지. 하지만 걱정하지 말아. 너는 아주 잠깐 내 허기를 달래줄 뿐이야. 너를 먹어봤자 아무 의미가 없어."

"고마워."

그렇게 말하면서 암탉은 도로시의 팔 속에 바짝 몸을 웅크렸다.

도로시는 암탉을 안고 궁전의 거실로 들어갔다. 거실에는 틱톡이 오즈마 공주의 권유를 받고 양철 나무꾼과 허수아비 사이에 앉아 있었다. 오즈마와 랭귀데어 공주는 그들을 마주 보고 앉았고 그들 옆에는 도로시가 앉을 수 있도록 자리가 하나 비어 있었다.

이들 주위에는 오즈의 군대가 빙 둘러서서 정렬해 있었다. 도로시는 제복을 입은 잘 생긴 스물일곱 명의 병사들을 바라보며 말했다.

"어머, 이 사람들은 모두 장교처럼 보여요."

"모두 장교야. 한 사람만 제외하고."

양철 나무꾼이 대답했다.

"내가 거느린 군대에는 여덟 명의 장군과 여섯 명의 대령, 일곱 명의 소령과 다섯 명의 대위가 있고 이들의 지휘를 받는 졸병이 하나 있어. 나는 졸병을 진급시키는 것을 좋아하지. 졸병들이 헌신적으로 복무하리라고는 기대할 수가 없으니까 말이야. 내가 유심히 관찰해 보니까 일반 병사들보다는 대개 장교들이 더 잘 싸우고 충성심이 강하더군. 게다가 장교들은 더 멋진 제복을 입고 있어서 군대를 더 위엄 있게 만들어 주잖아."

"그래, 네 말이 맞아."

도로시는 동의하며 오즈마의 옆에 있는 의자에 앉았다.

그러자 오즈에서 온 공주가 입을 열었다.

"자, 그럼 이제 이 아름다운 이브 왕국의 왕실 가족을 오랫동안의 감금 생활에서 구해 낼 수 있는 가장 좋은 방법을 결정하기 위해서 엄숙하게 회의를 열도록 합시다."

9
이브 나라의 왕실 가족

양철 나무꾼이 먼저
마주 앉은 사람들을 향해서
보고를 했다.

"우리 오즈 나라의 고귀하고
훌륭한 통치자인 오즈마 공주는
이브 왕국의 전 국왕인 이볼도 왕이
아내와 열 명의 아이들을 놈 왕에게 노예로
팔아 넘겼으며, 그 가엾은 가족들은 지금껏 놈 왕의
지하 궁전에 갇혀 있다는 소문을 들었습니다. 또한 이브 왕
국에는 그들을 구할 수 있는 힘을 가진 사람이 없다는 소문
도 들려왔습니다. 당연히 우리의 통치자 오즈마 공주는 불
쌍한 포로들을 구해낼 생각을 했습니다. 하지만 두 나라 사

이에 놓여 있는 넓은 사막을 건너갈 방법을 오랫동안 찾을 수가 없었습니다. 결국 오즈마는 착한 마녀 글린다를 찾아가서 도움을 청했고 이야기를 들은 글린다는 편안하게 사막을 건널 수 있는 길이 되어줄 마법의 양탄자를 오즈마에게 선물했습니다. 그 양탄자를 받자마자, 우리의 훌륭한 지도자 오즈마는 저에게 군대를 소집하라고 명령을 내렸습니다. 여러분이 보시는 이 용감한 전투병들은 오즈 나라에서 가장 뛰어난 병사들입니다. 우리가 놈 왕을 무찔러야만 한다면 모든 장교는 물론 졸병까지도 목숨을 바쳐 맹렬하게 싸울 것입니다."

이때 불쑥 틱톡이 입을 열었다.

"왜 놈 왕과 싸워야만 합니까? 그는 아무 잘못이 없습니다."

도로시가 깜짝 놀라 소리쳤다.

"잘못이 없다고! 왕비와 열 명의 아이들을 가둔 것이 잘못이 아니란 말이야?"

"이볼도 왕이 그들을 놈 왕에게 팔았습니다. 잘못을 저지른 사람은 이브 왕국의 왕이었고 자신의 잘못을 깨달은 이볼도 왕은 바닷물에 빠져 죽었답니다."

틱톡이 대답했다.

"그건 새로운 사실이로군. 나는 이 문제는 놈 왕이 전적으로 비난을 받아야 한다고 생각했었어. 하지만 어떤 경우이든 그는 왕족들을 풀어주어야만 해."

오즈마 공주가 생각에 잠긴 얼굴로 말했다.

"이볼도 숙부님은 매우 나쁜 사람이었죠. 가족을 팔기 전에 진작 물에 빠져 죽었다면 좋았을걸. 그는 언제까지나 영원히 살 수 있는 생명을 받는 대가로 가족을 놈 왕에게 팔았어요. 그리고 나서 얼마 후에 바다에 뛰어들어서 목숨을 끊었죠."

랭귀데어 공주가 또박또박 말했다.

"그렇다면 이볼도 왕은 영원히 살 수 있는 생명을 얻지 못한 것이니, 놈 왕은 거짓말을 한 셈이군요. 그러니 당연히 왕비와 아이들을 풀어주어야만 해요. 그들은 어디에 감금되어 있죠?"

오즈마가 물었다.

"그것을 아는 사람은 아무도 없어요. 다만 놈 왕이 이브 왕국의 북쪽 끝에 있는 거대한 산 밑에 화려한 궁전을 갖고 있고 자신의 궁전을 꾸미기 위해서 왕비와 열 명의 아이들을 대리석 조각상으로 바꾸었다는 사실만 알려져 있죠."

랭귀데어 공주가 대답했다.

"그런데 놈 왕은 어떤 사람이죠? 알고 싶어요."

도로시가 궁금해하며 물었다.

"그것은 내가 설명하지요. 그는 지하 세계의 왕이며 바위와 바위산들을 마음대로 호령할 수 있다고 알려져 있답니다. 그의 지배를 받는 수천 명의 놈 나라 사람들은 생김새는 기이하지만 힘이 센 도깨비들인데 왕의 대장간과 용광

로에서 금과 은 그리고 다른 금속들을 만드는 일을 하고 있어요. 하지만 땅 위에서는 살아가기가 너무 힘들기 때문에 바위 아래에 숨어서 살지요. 그리고 금은뿐만 아니라 다이아몬드며 루비 그리고 에메랄드를 만들어서 땅 속에 숨겨둔다고 해요. 그 덕분에 놈 왕은 엄청난 부자가 되었고 우리가 가진 귀중한 보석이나 금은 따위는 모두 놈 왕이 보물을 숨겨 놓은 땅과 바위산에서 얻은 거랍니다."

오즈마 공주가 설명을 해주었다.

"그렇군요."

도로시는 알겠다는 듯이 머리를 살짝 끄덕였다.

오즈마 공주가 말을 이었다.

"우리가 가끔 놈 왕의 보물을 훔치기 때문에 그 지하 세계의 왕은 땅 위에 사는 사람들을 무척 싫어한답니다. 놈 왕을 만나려면 우리가 직접 그의 왕국으로 찾아가야만 하는데, 그곳은 그의 절대적인 지배를 받는 곳이기 때문에 잘못하다가는 심각한 위험에 빠지게 될지도 몰라요."

"그렇지만 그 가엾은 죄수들을 구하려면 우리가 모험을 해야만 해요."

도로시가 진지하게 말했다.

"우리가 해야지. 비록 내가 놈 왕의 용광로에 가려면 엄청난 용기가 필요하지만 말이야. 나는 밀짚으로 채워져 있어서 작은 불씨만 닿아도 완전히 재로 변해 버릴 거야."

허수아비가 도로시의 말에 찬성을 했다.

"그 용광로는 내 양철 몸도 녹여 버릴 거야. 그렇더라도 나는 가겠어."

양철 나무꾼도 고개를 끄덕였다.

"나는 뜨거운 건 참지 못하니까 집에 남아 있겠어요. 하지만 당신들이 임무를 성공적으로 수행하기를 진심으로 빌어요. 나는 이 바보 같은 왕국을 다스리느라고 완전히 지쳤고 나의 아름다운 머리들을 감상할 시간조차 없는 걸요."

게으르게 하품을 하면서 랭귀데어 공주가 말했다.

"당신은 필요 없어요. 나의 용감한 부하들의 도움을 받아서 이룰 수 없는 일이라면 당신이 함께 간다고 해도 아무 소용이 없을 테니까요."

오즈마 공주가 대꾸했다.

"맞는 말씀이에요. 자, 여러분이 양해해 준다면 이제 나는 진열장으로 물러가겠어요. 너무 오래 이 머리를 했기 때문에 다른 걸로 바꾸고 싶거든요."

랭귀데어 공주는 거실에서 나갔다. 오즈마 공주가 틱톡을 향해서 입을 열었다.

"너도 우리와 함께 가겠니?"

"저는 도로시의 하인입니다. 도로시는 저를 바위굴에서 구해 주었습니다. 도로시가 가는 곳이라면 어디든 따라갈 겁니다."

기계 인간이 대답했다. 그러자 도로시가 재빨리 말했다.

"물론 나도 친구들과 함께 갈 거야. 이런 재미있는 경험을 놓치지는 않겠어. 너도 함께 갈 거지, 빌리나?"

"당연하지."

빌리나가 태평스럽게 대꾸했다. 빌리나는 날개를 편안하게 늘어뜨리고 얌전하게 앉아 있었다.

"그래, 잘 생각했어. 뜨거운 열은 암탉과 잘 어울리니까 말이야. 잘 구워진 통닭이 된다면, 지금 모습보다 훨씬 더 나을 거야."

허수아비가 빌리나에게 농담을 했다. 마침내 오즈마 공주가 결론을 내렸다.

"자, 그러면 새벽에 놈 왕국을 향해서 출발하기로 하죠. 그리고 그때까지는 여행에 대비해서 쉬기로 해요."

랭귀데어 공주는 다시 손님들 앞에 모습을 나타내지 않았다. 그러나 궁전의 하인들이 대기하고 있다가, 오즈에서 온 손님들이 편안하게 지낼 수 있도록 모든 일을 돌봐 주었다. 궁전 안에는 마음대로 골라 쓸 수 있는 빈 방들이 많았으므로 모두 자유롭게 쉬면서 마음껏 먹을 수가 있었다.

도로시는 오후 시간 대부분을 허수아비와 양철 나무꾼과 함께 수다를 떨며 보냈다. 그들은 도로시가 떠난 후 오즈의 나라에서 일어났던 일들을 모두 말해 주었다. 도로시는 특히 오즈마 공주에 대한 이야기를 흥미 있게 들었다. 오즈마 공주는 아기였을 때 사악한 늙은 마녀에 의해서 소년으로 변했었다. 착한 마녀의 도움을 받아서 다시 원래의 모습을 되찾기 전까지 오즈마는 자신이 여자였다는 사실을 몰랐

다. 그후에 오즈마가 오즈의 옛 왕의 외동딸이라는 사실이 밝혀졌고 오즈마는 오즈 나라의 통치자가 되었다.

그러나 아버지의 왕좌를 다시 찾을 때까지 오즈마는 많은 모험을 해야 했다. 그녀는 호박머리 잭과 대단히 위대하고 완전한 교육을 받은 워글 벌레, 그리고 마법의 가루로 생명을 얻은 놀라운 목마와 함께 어려움을 헤쳐 나갔다. 허수아비와 양철 나무꾼 또한 오즈마를 도와주었다. 그러나 맹수들의 왕으로서 거대한 숲을 다스리던 겁쟁이 사자는 오즈마가 오즈를 다스리게 된 후에도 오즈마에 대해서 전혀 알지 못했다. 나중에 사자는 오즈마를 만나기 위해서 에메랄드시로 여행을 떠났다가, 오즈마가 이브 나라의 왕족을 구하기 위해서 길을 떠날 것이라는 소문을 들었다. 겁쟁이 사자는 친구인 배고픈 호랑이도 오즈마와 함께 떠날 수 있도록 해달라고 부탁을 했다.

허수아비의 이야기를 모두 듣고 난 도로시는 허수아비와 양철 나무꾼에게 자신이 겪은 모험을 이야기해 주었다. 그런 다음에 그들은 모두 함께 그 유명한 목마를 보러 나갔다. 오즈마 공주는 이 목마의 다리가 닳아 없어지지 않도록 금으로 편자를 박아주었다.

그들은 정원으로 들어가는 문 옆에 꼼짝도 하지 않고 서 있는 목마를 발견했다. 하지만 도로시가 인사를 하자, 목마는 공손하게 절을 하면서 나무 옹이로 박아 넣은 눈을 깜박이고 나뭇가지로 만든 꼬리를 흔들었다.

"정말 놀라워, 살아 있다니!"

도로시가 깜짝 놀랐다.

"물론 나는 너와 똑같이 살아 있어."

기분 나쁜 목소리는 아니지만 딱딱한 어조로 목마가 대꾸
했다.

"물론 사람들은 모두 나 같은 물체에는 생명이 없다고 알
고 있어. 하지만 마법의 가루가 나에게 생명을 주었어."

그날 밤 도로시는 오즈마 공주의 방 옆에 나란히 있는 쾌
적한 작은 침실에서 잠이 들었다.

새벽이 되기 전에 오즈마 공주 일행은 모두 자리에서 일
어났다. 그리고 오랜 여행을 떠날 준비를 급히 서둘렀다.
모험단은 궁전 안에 있는 아주 커다란 식당에서 이른 아침

을 먹었다. 식사 시간은 오래 걸리지 않았다. 그런 다음 사자와 호랑이가 전차에 몸을 묶자, 일행은 놈 왕의 궁전을 향해서 떠날 준비를 했다.

먼저 오즈마 공주가 황금 전차에 올라타고 도로시는 빌리나를 팔에 꼭 안고 오즈마의 옆에 탔다. 그 다음에 허수아비가 목마를 탔고 그 뒤에 양철 나무꾼과 틱톡이 나란히 걸어왔다. 그들 뒤에는 용감하고 멋있는 병사들이 화려한 군복을 입고 쿵쿵 발소리를 내며 행진했다. 장군들은 대령들에게 명령을 내렸고 대령들은 소령들에게 명령을 내렸으며 소령들은 대위들에게 명령을 내렸고 대위들은 소위에게 그리고 소위들은 그렇게 많은 장교들이 그에게 명령을 내리는 까닭에 무척 자랑스러워하는, 단 하나뿐인 사병에게 명령을 내렸다.

그리하여 동이 틀 무렵이 되자, 위풍당당한 오즈마 공주의 행렬은 궁전을 떠나서 길을 따라가기 시작했다. 그리고 해가 완전히 떠올랐을 때에는 놈 왕의 왕국으로 향하는 골짜기에 도착할 수 있었다.

10
망치를 든 거인

그들은

한동안 예쁘장한
농가들 앞을 지
나갔다. 곧 이어
소풍을 오면 딱 좋
을 것 같은 아담한 숲
을 지나갔다. 오즈마 공주
일행은 빌리나가 갑자기
소리를 질러댈 때까지
쉬지 않고 앞으로 전진했다.
　"잠깐, 잠깐!"
　암탉 빌리나의 고함 소리를 들은 오
즈마 공주는 갑자기 전차를 멈추었다.

그 바람에 허수아비가 탄 목마는 거의 전차와 부딪칠 뻔했다. 미처 걸음을 멈추지 못한 군인들은 서로 몸을 부딪치며 넘어졌다. 이런 소동에도 아랑곳하지 않고 노란 암탉은 곧바로 도로시의 품에서 벗어나서 길 옆에 있는 무성한 덤불 속으로 날아갔다.

"무슨 일이야? 무슨 일?"

양철 나무꾼이 걱정스럽게 물었다.

"빌리나가 달걀을 낳고 싶어해. 그것뿐이야."

도로시가 말했다.

"달걀을 낳는다고!"

양철 나무꾼은 어리둥절해서 그 말을 반복했다.

"그래. 빌리나는 매일 아침 이 시간쯤에 달걀을 낳아. 아주 신선한 달걀을 말이야."

도로시가 설명했다.

"그렇지만 그 멍청한 암탉이 자기가 알을 낳는 동안, 중요한 임무를 띠고 가던 이 기나긴 행렬이 모두 멈추게 될 거라는 건 짐작했을까?"

양철 나무꾼이 화가 나서 말했다.

"어쩔 수 없는 일이잖아? 그건 빌리나의 습성이고 빌리나가 어떻게 할 수도 없는 일이거든."

"그럼, 빌리나가 빨리 끝낼 수밖에. 서두르라고 해."

양철 나무꾼이 초조하게 말했다.

"아니, 그건 안돼! 너무 서두르다가는 달걀 부침을 낳을

지도 모르잖아."

허수아비가 큰소리로 농담을 던졌다.

"말도 안돼! 하지만 빌리나는 오래 걸리지 않을 거야. 장
담해."

도로시가 말했다. 모두들 한시라도 빨리 가고 싶은 마음
뿐이었지만 일행은 서서 기다렸다. 잠시 후 노란 암탉이 덤
불 밖으로 나오며 힘차게 소리쳤다.

"꼬꼬꼬 꼬꼬댁! 꼬꼬꼬 꼬꼬댁!"

"알을 낳았다고 노래를 하는 건가?"

허수아비가 빌리나를 보면서 고개를 갸우뚱거렸다.

"앞으로, 전진!"

양철 나무꾼이 도끼를 흔들면서 소리쳤다. 도로시는 빌리
나를 다시 품에 안았다.
일행은 행진을 시작했다.

"누가 내 알을 갖지 않
겠어?"

몹시 흥분한 빌리나가
소리쳤다.

"내가 가질게."

허수아비가 대답했다.
그리고 목마에게 덤불 속
으로 들어가라는 명령을
내렸다. 곧 알을 발견한

허수아비는 저고리 주머니에 알을 넣었다. 그동안 행렬은 빠르게 움직여서 아주 멀리까지 가버렸지만, 목마는 금방 그들을 따라잡았다. 이제 허수아비는 원래 자신의 자리였던 오즈마 공주의 전차 바로 뒤에서 달리게 되었다.

"이제 알을 어떻게 하지?"

허수아비가 도로시에게 물었다.

"모르겠어. 배고픈 호랑이가 달걀을 좋아하지 않을까?"

"그건 내 어금니 하나도 만족시키지 못할 거야. 완전히 익힌 한 바구니 정도의 달걀이라면 내 위를 조금 달랠 수 있을지 모르지만 달걀 하나로는 어림도 없어."

호랑이가 대꾸를 했다.

허수아비는 곰곰이 생각에 잠겨서 중얼거렸다.

"정말이지 이걸로는 카스테라 빵 하나도 만들 수가 없을 거야. 아무래도 이건 내가 기념품으로 간직하는 게 좋겠어."

그래서 허수아비는 달걀을 주머니에 넣어 두기로 했다.

이제 행렬은 도로시가 높은 탑 꼭대기에서 바라보았던 두 개의 높은 산 사이에 놓여 있는 골짜기 입구에 이르렀다. 그 골짜기 끝에는 세번째 산이 이브 나라의 경계선을 이루면서 골짜기를 가로막고 있었다. 알려진 바로는 바로 그 산 아래에 놈 왕의 궁전이 있다고 했다.

길에는 온통 울퉁불퉁한 바위가 깔려 있었기 때문에 더 이상 전차를 타고 갈 수가 없을 것 같았다. 게다가 도저히 건너기 힘든 깊은 절벽까지 나타났다. 그때 오즈마 공주가 호주머니에서 녹색의 네모난 천을 꺼내더니 땅 위로 던졌다. 그러자 순식간에 녹색 천은 마법의 양탄자로 변해서 땅 위에 길게 펼쳐졌다. 양탄자는 그들 일행이 모두 올라탈 수 있을 만큼 충분히 넓고 길었다. 다시 전차가 앞으로 전진하기 시작했다. 녹색 양탄자는 전차가 가는 방향으로 계속해서 날아갔다. 덕분에 오즈마 일행은 안전하게 깊은 절벽을 통과할 수 있었다.

"이 정도는 식은 죽 먹기야. 다음에는 어떤 일이 일어날지 궁금한걸."

허수아비가 궁금한 듯이 말했다.

허수아비의 궁금증은 금세 풀렸다. 커다란 두 개의 산 사이로 나 있는 길이 점점 좁아지더니 마침내 한 줄로 늘어서야 겨우 빠져나갈 수 있을 정도로 비좁아졌을 때였다.

그들은 낮고 묵직하게 울리는 소리를 들었다.

"쿵! 쿵! 쿵!"

그 소리는 골짜기를 울리면서 점점 그들 쪽으로 가까이 다가오는 것 같았다. 불안한 마음으로 바위 언덕을 돌아선 일행은 30미터가 훨씬 넘어 보이는 거대한 형체가 길 위에 우뚝 서 있는 것을 보았다. 그것은 청동판 위에 세워진 거대한 사람의 형체였는데 비좁은 길에 두 발을 벌리고 서서 오른쪽 어깨에 멘 거대한 망치로 끊임없이 땅을 치고 있었다. 오즈마 일행이 들었던 쿵쿵 소리는 바로 그가 땅을 내려치는 소리였다. 그 망치는 보통 통나무로 된 술통보다 훨씬 더 컸으므로 거인이 망치를 한 번 내려칠 때마다, 일행이 통과해야 하는 산 사이의 좁은 길은 완전히 막혀버리곤 했다.

그들은 즉시 걸음을 멈추고 그 끔찍한 쇠망치가 닿지 않는 멀찍한 곳으로 물러날 수밖에 없었다. 이런 경우에는 마법의 양탄자조차 도움이 되지 못했다. 이 마법의 양탄자는 땅을 스치듯이 날아서 단지 그들의 발 밑에 있는 위험을 막아 줄 수 있을 뿐, 하늘 높이 올라가거나, 그들의 머리 위로 나타난 위험은 어떻게 막을 수가 없었기 때문이다.

"으으! 내 머리와 이렇게 가까운 곳에서 저런 무지막지한 망치를 두들기는 걸 보니 너무나 겁이 나는걸. 저걸 한 방만 맞아도 아주 납작해지겠어."

겁쟁이 사자가 부들부들 떨면서 조그맣게 말했다.

"저 청동 거인은 시계처럼 쉬지 않고 일을 하는 좋은 친구입니다. 나를 만든 스미스와 틴커 회사에서 놈 왕의 주문을 받고 저 거인을 만들었답니다. 지하 궁전을 찾는 사람들을 막는 것이 그가 맡은 임무입니다. 정말 쉬지 않고 일을 하고 있지 않습니까?"

틱톡이 말했다.

"저 거인도 너처럼 생각하고 말을 하니?"

놀란 눈으로 거인을 지켜보던 오즈마 공주가 물었다.

"아니오. 그는 길만 두드릴 뿐 생각이나 말은 하지 않습니다. 하지만 두드리는 건 정말 잘하는 것 같습니다."

"지나치게 잘 하는구나. 하지만 그가 우리를 더 이상 가지 못하게 막고 있어. 거인의 기계 장치를 멈추게 할 수 있는 방법이 없을까?"

허수아비가 열심히 거인을 관찰하며 말했다.

"단 한 사람, 놈 왕만이 그를 멈추게 만들 수 있는 열쇠를 갖고 있습니다."

틱톡이 대답했다.

"그럼 이제 어떻게 하지?"

도로시가 근심스럽게 말하자 허수아비가 나섰다.

"잠깐 시간을 줘. 생각 좀 해볼 테니까."

허수아비는 행렬의 뒤쪽으로 물러나더니, 주위를 돌아보며 생각을 하기 시작했다.

그동안에도 거인은 계속해서 쇠망치를 높이 들어 올렸다가 다시 내리치는 동작을 멈추지 않았다. 그때마다 대포처럼 요란한 소리가 쩌렁쩌렁 산을 울렸다. 아무튼 거인이 쇠망치를 들었다가 다시 내려놓는 그 순간까지는 안전할 것 같았다. 이 점에 주목한 허수아비는 다시 일행에게로 돌아와서 말했다.

"결국 아주 간단한 문제야. 한 번에 한 명씩 망치 밑을 달려서 통과할 수밖에 없어. 거인이 망치를 들어올리면, 다시 밑으로 내려오기 전에 재빨리 건너가야만 해."

틱톡이 머리를 끄덕이며 동의했다.

"망치에 맞지 않으려면 아주 재빨리 움직여야 하겠군요.

하지만 사실 그 방법밖에는 없는 것 같습니다. 그럼 누가 제일 먼저 갈까요?"

잠깐 동안 그들은 망설이면서 서로 서로 얼굴을 쳐다보았다. 그때 바람에 흔들리는 나뭇잎처럼 와들와들 떨고 있던 겁쟁이 사자가 입을 열었다.

"제일 앞에서 가던 사람이 먼저 시도해야겠지. 내가 말이야. 하지만 나는 저 커다란 망치가 너무 너무 무서운걸."

"나는 어떻게 하죠? 호랑이는 혼자서 망치 밑을 달릴 수 있겠지만 전차는 틀림없이 박살이 날 거예요."

오즈마 공주가 걱정스럽게 물었다.

"전차는 두고 가야만 합니다. 하지만 두 숙녀분은 사자와 호랑이 등에 올라타면 됩니다."

모든 결정이 내려지자, 오즈마는 즉시 전차에서 사자와 호랑이를 풀어주었다. 그리고 사자 등에 올라타고 달릴 준비를 했다.

"갈기를 꼭 붙잡으세요. 내가 사자를 타 봐서 아는데 갈기를 꼭 붙잡아야 떨어지지 않아요."

도로시의 충고를 듣고 오즈마 공주는 사자의 갈기를 꼭 붙들었다. 사자는 길에 낮게 엎드려서 거인이 쇠망치를 공중으로 들어올리는 그 짧은 순간을 노렸다.

다음 순간 사자는 다른 일행이 미처 예상하기도 전에 훌쩍 뛰었다. 그리고 청동 거인의 다리 사이를 날쌔게 빠져나갔다. 사자와 오즈마 공주는 쇠망치가 다시 땅을 치기 전에

무사히 반대편에 도착할 수 있었다.

다음은 호랑이 차례였다. 호랑이는 갈기가 없었으므로 도로시는 호랑이 등에 올라타고 두 팔로 줄무늬가 있는 호랑이의 목을 꼭 얼싸안았다. 호랑이는 쏜살같이 앞으로 달려나갔다. 눈깜짝할 사이에 도로시는 위험에서 벗어나 오즈마 공주 옆에 서 있었다.

다음에는 목마를 탄 허수아비 차례였다. 그들은 머리카락 끝이 망치 끝에 살짝 닿을 만큼 아슬아슬하게 망치 밑을 빠져나왔다.

틱톡은 망치가 땅을 쳤을 때 아주 가까이 다가와서, 다시 망치가 공중으로 올라갔을 때 침착하게 앞으로 걸어갔다. 그리고 무사히 망치를 피할 수 있었다. 그것은 다음 차례를 기다리고 있던 양철 나무꾼의 생각이었다. 양철 나무꾼 역시 그런 방법으로 안전하게 무지막지한 망치 밑을 빠져나왔다. 하지만 이제 스물여섯 명의 장교와 한 명의 졸병 차례가 돌아오자, 그들은 다리를 후들후들 떨면서 한 발자국도 앞으로 걸어나오려고 하지 않았다.

"전쟁터에서 우리는 아주 용감하게 싸웠고 적들도 우리를 두려워했습니다. 하지만 전쟁과 이건 아주 다릅니다. 저 쇠망치에 머리를 맞는다면 우리 머리는 가루처럼 으깨질 것입니다."

한 장교가 떨리는 목소리로 호소했다.

"겁내지 말고 어서 달려!"

허수아비가 재촉했다.

"무릎이 너무 떨려서 달릴 수가 없습니다. 저 밑을 달렸다가는 분명히 젤리처럼 으스러질 거예요."

한 대위가 변명을 했다.

그들을 보고 있던 겁쟁이 사자가 한숨을 쉬었다.

"저런, 저런. 이보게, 내 친구 호랑이. 우리가 저 용감한 군대를 구할 수밖에 없겠어. 같이 가세. 할 수 있는 데까지 해보자구."

오즈마와 도로시는 이미 그들의 등에서 내려와 있었다. 사자와 호랑이는 끔찍한 망치 밑을 다시 홀쩍 빠져나와서 두 명의 장교를 등에 태우고 돌아왔다. 그들은 거인의 다리 사이를 열세 번이나 왔다갔다 하면서 모든 장교들을 안전하게 태우고 왔다. 하지만 결국 두 마리의 맹수는 몹시 지쳐버렸다. 그들은 거칠게 숨을 헐떡이면서 커다란 입 밖으로 혀를 길게 늘어뜨렸다.

"저 졸병은 어떻게 하지?"

오즈마 공주가 이렇게 말하며 사자를 쳐다보자, 사자는 고개를 저었다.

"아이고, 남아서 전차나 지키라고 하세요. 저는 너무 지쳐서 다시 저 망치 밑을 통과할 수가 없어요."

그러자 장교들이 항의를 하기 시작했다. 그들은 명령을 받을 사람이 그 졸병 하나밖에 없으므로 꼭 졸병을 데리고 가야 한다고 주장했다. 하지만 사자와 호랑이는 둘 다 너무나 지쳐서 졸병을 데리고 올 수가 없었다. 그래서 허수아비가 목마를 보냈다.

그런데 목마가 부주의했는지 망치가 내려오는 시간을 잘못 계산했는지, 졸병을 태우고 돌아올 때 거대한 망치가 똑바로 목마의 머리를 내리쳤다. 엄청난 타격을 받은 목마는 땅바닥에 나동그라졌고 공중으로 붕 날아 올라간 졸병은 거인의 한쪽 팔에 떨어졌다. 졸병은 필사적으로 거인의 팔에 매달렸지만 거인이 다시 팔을 들어올리자 당장이라도 떨어질 듯이 허우적거렸다.

허수아비가 용감하게 목마를 구하려고 달려 나갔다. 그러나 그는 목마를 안전한 곳으로 끌고 나오기 전에 왼쪽 발을 강하게 망치에 얻어 맞았다. 도로시 일행은 망치에 맞은 목마가 심하게 망가져 있는 것을 발견했다. 단단한 옹이로 만들어진 머리는 망치를 맞고도 부서지지 않았지만 양쪽 귀는 완전히 떨어져나가서 새로 귀를 만들어 달기 전까지는 아무 소리도 들을 수가 없었다. 그뿐만 아니라 왼쪽 무릎은 금이 가서 단단한 줄로 감아야만 했다.

마지막으로 아직 저편에 남아 있던 빌리나가 날개를 퍼득거리면서 거인의 망치 밑을 빠져나왔다. 이제 거인의 팔에 매달린 채, 허공 높이 올라가 있는 졸병을 구할 일만 남았다.

허수아비가 땅 위에 누우면서 졸병에게 그의 몸 위로 떨어지라고 소리를 쳤다. 허수아비의 몸은 밀짚으로 채워져

있어서 푹신했기 때문이었다. 졸병은 거인의 팔이 땅바닥
에 거의 가까워질 때까지 필사적으로 매달렸다. 그리고 마
지막 순간에 허수아비의 몸 위로 재빨리 뛰어내렸다. 다행
히 그는 뼈 하나 부러지지 않고 어려운 임무를 수행할 수
있었다. 허수아비는 졸병이 조금도 다치지 않았다고 일행
에게 알렸다.

　그 동안 양철 나무꾼은 목마에게 새로 귀를 만들어서 달
아 주었다. 다시 완전하게 제 모습을 찾은 행렬은 여전히
길을 두드리고 있는 거인을 남겨 두고 행진하기 시작했다.

11
놈 왕

서서히 그들은
이브 왕국의 북쪽 경계선을
이루면서 길을 가로막고 있는
세번째의 산으로 다가갔다. 높은
산봉우리가 햇빛을 막고 있어서 가까이 갈수록 길이 점점
어둠침침해졌다. 또한 너무나 조용해서 새들이 노래하는
소리나 재잘거리는 소리도 들리지 않았다. 나무들의 모습
은 이미 사라진 지 오래였다. 주변에는 단지 커다란 바위들
만 보일 뿐이었다.

기분 나쁠 만큼 고요한 정적에 오즈마 공주와 도로시는
약간 겁을 먹었다. 다른 사람들은 몹시 두려워서 주위를 두

리번거렸다. 오직 허수아비를 등에 태우고 총총걸음으로 빠르게 걷는 목마만이 괴상한 노래를 흥얼거리며 즐거워했다. 다음과 같은 노래였다.

"숲에 사는 목마가 가겠니?
네, 네! 나는 한숨을 쉬네. 그가 간다네
비록 나무 머리를 얻지는 못했지만
그는 산꼭대기를 올라간다네"

그러나 이제 놈 왕의 영지가 아주 가까워졌으므로 아무도 목마의 노래에 신경을 쓰지 않았다. 놈 왕의 화려한 지하 궁전이 가까운 곳에 있을지도 몰랐다.

그때 어디선가 갑자기 커다랗게 비웃는 웃음 소리가 들려 왔다. 깜짝 놀란 행렬은 걸음을 멈추었다. 그 웃음 소리가 아니더라도 행렬은 곧 멈춰서야만 했을 것이다. 거대한 산이 더 이상 전진할 수 없도록 그들의 앞을 가로막았기 때문이다. 길은 바위벽으로 막혀서 끝나 있었다.

"누가 웃은 걸까?"

오즈마 공주가 물었다.

하지만 누구도 그 질문에 대답할 수가 없었다. 일행은 어둠 속에서 이상한 형체들이 바위 위를 휙 휙 날아서 다가오는 광경을 보았다. 실체가 무엇이든간에 그들은 바위와 매우 비슷해 보였다. 바위 같은 색깔을 띠고 있는 데다가 형

태도 마치 산귀퉁이에서 떨어져 나온 바위처럼 거칠고 울퉁불퉁했다. 그들은 일행들 바로 앞에 있는 가파른 절벽으로 다가와서 정신없이 바위 위를 오르락내리락 했다. 아무리 험한 곳에도 쉽게 올라서는 것 같았다. 그들은 마치 파리가 유리창에 붙듯이 바위 위에 착 달라붙어서 잠시도 가만히 있지 않았다.

"걱정할 것 없습니다. 저들은 놈 사람들일 뿐입니다."

도로시가 주춤 뒤로 물러서자, 틱톡이 말했다.

"놈 사람들이 뭐야?"

아직 두려움을 떨치지 못하고 도로시가 물었다. 틱톡이 대답했다.

"놈 왕의 지배를 받는 바위 요정들입니다. 하지만 저들은 우리를 해치지 않습니다. 이제 주인님이 놈 왕을 불러내야 합니다. 놈 왕이 없으면 결코 궁전으로 들어가는 입구를 찾을 수가 없으니까요."

"공주님이 불러내세요."

도로시는 오즈마에게 부탁했다.

바로 그때 놈 사람들이 다시 큰소리로 낄낄거렸다. 너무나 소름이 끼치는 그 웃음소리를 듣자, 스물여섯 명의 장교들은 그만 용기를 잃고서 졸병에게 '뒤로 돌아 앞으로!' 라는 명령을 내렸다. 그리고 그들은 걸음아 날 살려라 하고 우르르 도망치기 시작했다.

당황한 양철 나무꾼이 즉시 군대를 향해서 소리쳤다.

"정지!"

도망가는 장교들을 막고 양철 나무꾼이 외쳤다.

"뒤로 돌아! 너희들은 용감한 군인들이다. 그걸 잊지 말고 오즈마님에게 돌아가서 그분의 명령에 복종해라. 만일 다시 도망치려고 한다면 오즈마님에게 말씀 드려서 스물여섯 명의 장교들을 모두 졸병으로 강등시키고 졸병을 장군으로 임명하겠다."

양철 나무꾼은 엄하게 장교들을 꾸짖었다.

이 무서운 위협을 받고 장교들은 즉시 오즈마가 있는 곳으로 되돌아가서 겁쟁이 사자 옆에 나란히 섰다.

그러고 나자 오즈마 공주가 큰 소리로 외쳤다.

"내가 명령하니 놈 왕은 모습을 드러내라!"

대답은 없었다. 대신 놈 사람들이 낄낄거리며 비웃는 웃음소리가 산을 울릴 뿐이었다.

"놈 왕에게 명령을 해서는 안됩니다. 오즈마 공주님은 그를 지배하는 사람이 아닙니다. 그는 공주님의 백성이 아니기 때문입니다."

틱톡이 충고를 했다.

그래서 오즈마는 다시 외쳤다.

"내가 요구하니 놈 왕은 모습을 나타내시오."

다시 조롱 섞인 웃음소리가 들려왔다. 어두운 놈 사람들의 그림자가 바위투성이 절벽을 이리저리 뛰어다녔다.

틱톡이 오즈마 공주를 돌아보며 다시 충고했다.

"정중하게 부탁을 하십시오. 놈 왕은 무례한 요구에는 응하지 않을 것입니다. 그러나 부탁을 하면 들어줄지도 모릅니다."

오즈마는 거만하게 일행을 둘러보며 물었다.

"여러분들은 여러분들의 왕이 사악한 놈 왕에게 간청하기를 바라는가요? 오즈 나라의 오즈마가 지하 왕국에 사는 놈 왕에게 무릎을 꿇어야만 될까요?"

"안됩니다!"

오즈마의 군대가 큰소리로 외쳤다. 허수아비가 한 마디 더 덧붙였다.

"그가 나오지 않으면 우리가 여우 몰이를 할 때처럼 그를 구멍에서 나오게 만들어서 항복을 받을 것입니다. 우리의 사랑스러운 왕께서는 언제나 위엄을 유지해야만 합니다."

도로시가 입을 열었다.

"저는 그에게 부탁하는 일이 아무렇지도 않아요. 저는 캔자스에서 온 어린 소녀에 불과한 데다가 우리 고향에서는 부탁하는 것을 자존심 상하는 일로 생각하지 않거든요."

배고픈 호랑이가 동의했다.

"그럼 해 보렴. 만약 놈 왕이 너를 요절낸다면 내가 너를 내일 아침 식사로 먹어줄게."

도로시는 앞으로 한 걸음 나서서 공손하게 부탁했다.

"부탁입니다. 놈 왕님, 우리 앞에 나와 주세요."

놈 사람들이 다시 낄낄거리기 시작했다. 그러나 낮게 으르렁거리는 소리가 산에서 들려오자 눈 깜짝할 사이에 그들은 눈앞에서 사라지고 조용해졌다.

그리고 바위가 열리면서 안에서 목소리가 흘러나왔다.

"들어와라!"

"속임수가 아닐까요?"

양철 나무꾼이 의심스러운 눈으로 바위문을 바라보며 말했다.

"상관 없어. 우리는 이브 나라의 가엾은 왕비와 열 명의 아이들을 구하기 위해서 이곳에 왔어. 그러니 위험을 감수해야만 해."

오즈마가 씩씩하게 말했다.

"놈 왕은 정직하고 선량합니다. 그를 믿어도 됩니다."

틱톡이 끼어들었다.

오즈마가 앞장을 서서 도로시의 손을 잡고 문으로 들어갔다. 일행은 활처럼 굽은 바위문을 지나서 벽에 박은 보석과 램프의 불빛이 밝혀주고 있는 긴 복도로 들어갔다. 그들을 안내하거나 길을 가르쳐주는 사람은 아무도 없었지만 일행은 웅장하게 꾸민 둥근 천장이 있는 방으로 들어갈 때까지 계속해서 앞으로 나아갔다.

그 방의 가운데에는 모양은 거칠고 울퉁불퉁하지만 수많은 루비와 다이아몬드 그리고 에메랄드로 번쩍거리는 단단하고 둥근 바위 위에 새긴 왕좌가 놓여 있었다. 그리고 그 왕좌 위에는 놈 왕이 앉아 있었다.

이 지하 세계를 다스리는 군주는 작고 뚱뚱했으며 자신이 앉아 있는 바위에 새긴 왕좌의 색과 똑같은 회색과 갈색이 섞인 옷을 걸치고 있었다. 그의 숱많은 머리카락과 멋지게 자라난 수염 또한 짙은 바위색이었고 얼굴 또한 바위색이었다. 그는 어떤 종류의 왕관도 쓰고 있지 않았다. 단지 보석으로 장식한 넓은 허리띠만을 작고 뚱뚱한 몸에 두르고 있을 뿐이었다.

겉으로 봐서는 상냥하고 유쾌한 사람처럼 보였다. 놈 왕은 눈을 굴리면서 오즈마와 도로시를 바라보았다. 그 뒤에는 나머지 일행이 바싹 붙어서 정렬해 있었다.

"어머, 놈 왕이 꼭 산타클로스처럼 생겼네. 색깔만 다르잖아!"

도로시가 깜짝 놀라서 오즈마에게 속삭였다. 도로시의 말을 들은 놈 왕은 큰 소리로 웃음을 터뜨렸다.

"으하하하! 그는 붉은 얼굴에 둥근 배를 하고 있다네!

웃을 때면 그 배는 젤리가 가득 든 그릇처럼 흔들린다네!"

왕은 유쾌한 듯이 떠들었다. 도로시 일행은 왕이 웃을 때마다 정말로 젤리 그릇처럼 놈 왕의 배가 흔들리는 것을 볼 수 있었다.

오즈마와 도로시는 무척 즐거워하는 놈 왕의 모습을 보고 안심했다. 잠시 후 놈 왕이 오른손을 흔들자 소녀들은 바로 옆에 쿠션이 놓인 등 없는 의자가 있는 것을 발견했다.

"앉지, 여러분! 무엇 때문에 이렇게 먼 길을 지나서 나를 만나러 왔으며 내가 어떻게 해야 여러분이 행복할 수 있는지 말을 하게."

도로시와 오즈마가 의자에 앉는 동안 놈 왕은 담뱃대를 손에 들었다. 그는 주머니에서 빨갛게 불타는 석탄을 꺼내어 담뱃대 통에 넣었다. 그리고 머리 위로 동그란 원을 만들면서 담배 연기를 내뿜기 시작했다. 도로시는 그러고 있으니 저 작은 군주가 조금 전보다 더 산타클로스와 비슷해 보인다고 생각했다.

그때 오즈마 공주가 입을 열어 말을 하기 시작했다.

"폐하, 저는 오즈 나라의 통치자입니다. 제가 여기에 온 것은 폐하가 마법을 걸어서 이 궁전 안에 가두어 둔 이브 나라의 선량한 왕비와 열 명의 아이들을 풀어달라고 요청하기 위해서입니다."

"오, 말도 안돼. 너희들은 잘못 알고 있어. 그들은 내가 강제로 가둔 것이 아니라 내가 이브 나라의 왕으로부터 사들인 노예들이야."

놈 왕이 반박했다.

"그렇지만 그건 잘못된 거예요."

오즈마가 다시 주장했다.

"이브 나라의 법률에 의하면 왕은 절대적인 권력을 갖고 있어. 그러므로 왕이 영원히 살 수 있는 목숨을 받는 대가로 나에게 가족을 판 것은 잘못이 될 수가 없지."

군주는 이렇게 대답을 하면서 방금 뿜어낸 동그란 담배 연기를 눈으로 좇았다.

"그렇지만 이브 왕은 영원히 살지 못했으니까 임금님은 이브 왕을 속인 거예요. 얼마 후에 이브 왕은 바닷속에 뛰어들어 죽어 버렸어요."

도로시가 항의했다.

"그건 나의 잘못이 아니란다. 나는 그에게 영원히 살 수 있는 생명을 주었어. 분명히 말이야. 그런데 그가 그 생명을 끊어버린 거야."

놈 왕은 끊임없이 미소를 지으면서 말했다.

"그렇다면 어떻게 그게 영원히 살 수 있는 생명일 수가

있어요?"

도로시가 물었다.

"있고말고. 자, 이렇게 생각해 보거라, 얘야. 내가 너의 탐스러운 머리카락과 바꾸는 조건으로 예쁜 인형을 너에게 주는 거야. 그리고 너는 그 인형을 받은 후에 마구 다루어서 인형을 망가뜨리는 거지. 그렇다고 해서 나에게 인형을 받지 않았다고 말할 수 있겠니?"

놈 왕의 말을 듣고 난 도로시는 고개를 저었다.

"아니요."

"그리고 공정하게 생각해서 인형이 망가졌으니까 너의 머리카락을 되돌려달라고 요구할 수가 있겠니?"

"아니요."

다시 도로시가 대답했다.

"물론 그래서는 안되지. 마찬가지로 이브 왕이 바닷속에 뛰어들어 스스로 목숨을 끊었으므로 나도 왕비와 아이들을 되돌려주지 않을 거야. 그들은 나의 소유물이고 나는 내 재산을 지킬 거란다."

"하지만 당신은 그들을 잔인하게 다루고 있소."

놈 왕의 거절 때문에 몹시 마음이 상한 오즈마 공주가 따졌다.

"어떤 식으로?"

놈 왕이 물었다.

"그들을 당신의 노예로 만들어 버렸잖소."

"잔인한 행동이야말로 내가 가장 참을 수 없이 싫어하는 일이야. 이브 왕비와 아이들은 아주 연약하고 힘이 없었지. 노예로서 힘든 노동을 시키는 대신에, 나는 그들을 불쌍하게 여겨서 장식품과 골동품으로 바꾸어 놓았어. 그리고 나의 궁전에 있는 방들을 장식했어. 힘들게 노동을 하는 대신에 그들은 단지 방 안에 서 있기만 하면 되는 거라고. 나는 진심으로 내 행동이 매우 친절한 것이었다고 생각하고 있어."

놈 왕은 그 말을 하면서 담배 연기를 둥글게 내뿜어서 허공으로 흩어지는 연기를 지켜보았다.

"하지만 그런 일을 당한 그들의 운명은 너무나 끔찍하오! 그리고 이브 왕국은 나라를 다스릴 왕족이 꼭 필요하오. 만약 임금님이 그들을 풀어주고 원래 모습을 되찾게 해 준다면 내가 그 대신 열 개의 장식품을 드리겠소."

오즈마가 진지하게 제의를 했다.

"내가 거절한다면?"

놈 왕이 물었다.

"그렇다면 나와 나의 친구들 그리고 나의 군대가 당신의 왕국을 정복하고 당신을 내 뜻에 복종하도록 만들 거요."

오즈마가 엄숙하게 대답했다.

놈 왕이 기가 막힌다는 듯이 웃음을 터뜨렸다. 숨이 막힐 정도로 웃어대던 놈 왕은 마침내 담배 연기에 목이 메었고 한동안 회갈색의 얼굴이 붉은 색으로 바뀔 때까지 기침을 멈추지 못했다. 그런 다음 바위 색깔의 손수건으로 눈물을 닦고 다시 근엄한 표정을 지었다. 놈 왕은 오즈마를 향해 입을 열었다.

"너는 예쁠 뿐만 아니라 용감하기도 하구나, 애야. 잠깐 나와 함께 가자꾸나."

자리에서 일어난 놈 왕은 오즈마의 손을 잡고 그 방의 한쪽 벽에 있는 작은 문으로 이끌었다. 놈 왕이 문을 열자, 그들은 발코니로 걸어 나갔다. 그 발코니에서는 지하 세계의 놀라운 광경이 한눈에 들어왔다.

그들의 발 밑에는 어마어마하게 거대한 동굴이 수킬로미터나 이어져 있고 활활 타는 용광로와 대장간이 곳곳에 있어서 수많은 놈 사람들이 값비싼 금속을 망치로 두들기거

나 보석들을 반짝반짝 윤이 나게 닦고 있었다. 동굴 벽 사방에는 금과 은으로 만든 수천 개의 문들이 단단한 바위에 끼워져 있었다. 그 모든 것들이 오즈마의 눈이 닿는 곳까지 사방으로 길게 뻗쳐 있었다.

오즈에서 온 작은 소녀가 이런 광경을 놀란 눈으로 바라보고 있는 동안, 놈 왕은 날카로운 소리로 호루라기를 불었다. 그러자 즉각 금과 은으로 만든 문들이 활짝 열리고 놈 왕의 병사들이 완벽하게 줄을 맞추어 걸어나왔다. 병사들의 숫자는 헤아릴 수 없이 많았다. 거대한 지하 동굴은 금방 병사들로 꽉 찼다. 병사들은 바쁘게 일하는 노동자들에게 하던 일을 중지하고 떠나라고 명령했다.

그 엄청난 군대는 하나같이 땅딸막하고 뚱뚱한 바위 색깔의 놈 나라 사람들로 이루어져 있었지만 아름다운 보석을 박아 넣은 번쩍거리는 갑옷과 투구로 무장을 하고 있었다. 또한 각자 이마 위에는 반짝이는 전등을 달고 날카로운 창과 검 그리고 전투용 도끼를 들고 있었다. 그들은 뛰어나게 훈련된 병사임이 분명했다. 무기를 똑바로 들고서 흐트러짐 없이 줄을 맞춰 서 있는 그들의 모습은 당장이라도 적을 공격하라는 명령이 떨어지기를 기다리는 것 같았다.

놈 왕이 뽐내듯이 말했다.

"이건 내가 거느린 군대의 일부일 뿐이지. 땅 위에 있는 어느 왕도 감히 나에게 도전한 적이 없지만 앞으로도 그럴 거야. 나는 너무나 벅찬 상대이니까 말이야."

놈 왕이 다시 호루라기를 불자, 즉각 그 기세 등등한 병사들은 금문과 은문으로 들어가서 모습을 감추었다. 그리고 다시 노동자들이 나와서 중지했던 일을 시작했다.

오즈마 공주는 몹시 낙심하고 기가 꺾여서 돌아섰다. 놈 왕은 침착하게 바위 왕좌에 다시 앉았다.

"놈 왕과 싸운다는 건 어리석은 짓이야. 난 정말 이런 위기 상황에 어떻게 대처해야 할지 모르겠어."

오즈마 공주가 양철 나무꾼에게 말했다.

"왕에게 부엌이 어디에 있는지 물어봐 줘요. 난 죽을 만큼 배가 고파요."

배고픈 호랑이가 부탁했다.

"내가 저 왕을 덮쳐서 끝장낼 수도 있는데요."

겁장이 사자가 제안했다.

"해 보렴."

지하의 군주는 그렇게 대꾸하고 주머니에서 또 하나의 뜨거운 석탄을 꺼내서 담뱃대에 불을 붙였다.

사자는 낮게 몸을 숙이고 놈 왕의 몸을 덮치려고 했다. 그러나 겁쟁이 사자는 공중으로 약간 뛰어올랐을 뿐 왕좌 근처에는 한 걸음도 가까이 가지 못하고 제자리에 주저앉고 말았다.

"제가 생각하기에는 놈 왕을 설득해서 노예들을 풀어주도록 하는 수밖에 없을 것 같군요. 놈 왕은 싸우기에는 너무 강해요."

허수아비가 곰곰이 생각에 잠겨서 말했다.

"그게 가장 그럴 듯하군. 나를 협박하는 건 멍청한 짓이야. 하지만 나는 무척 친절한 사람이라서 아첨이나 설득에는 버티지를 못하지. 네가 정말로 이 여행의 목적을 이루고 싶다면 친애하는 오즈마, 나를 설득해야만 해."

"어쩔 수 없군요."

오즈마는 체념한 듯이 말했다. 그리고 진심으로 부탁했다.

"우리 친구가 되어 주시오. 그리고 친구로서 이 문제를 이야기하도록 합시다."

"아무렴."

놈 왕은 동의를 하며 즐겁게 두 눈을 깜박거렸다.

오즈마는 계속해서 말을 이었다.

"나는 장식품과 골동품이 되어서 임금님의 궁전을 꾸미고 있는 이브의 왕비와 열 명의 아이들이 자유롭게 풀려나서 다시 이브 왕국에 돌아갈 수 있기를 간절히 원하오. 부디 그렇게 해주겠다고 말해 주시오."

잠깐 동안 놈 왕은 무엇인가 생각하더니 이렇게 물었다.

"이브 왕족들이 풀려날 수 있다면 어느 정도의 모험과 위험을 기꺼이 감수하겠니?"

"그렇소!"

오즈마가 진지하게 대답했다.

"그렇다면 한 가지 제안을 하지. 너는 혼자서 누구도 거느리지 않고 나의 궁전으로 들어가서 궁전에 있는 모든 방들을 꼼꼼하게 조사해도 좋다. 그런 다음에는 열한 개의 물건들을 골라서 만지면서 '이브'라고 발음하도록 해라. 네가 만진 것들 중에서 하나라도 아니, 그 이상이어도 상관없지. 만약 그게 이브 왕비와 열 명의 아이들 중의 한 명이 변한 모습이라면 당장 그들에게 본래의 모습을 되돌려 주겠어. 그리고 안전하게 나의 궁전과 왕국을 떠나도록 허락하겠다. 네가 잘만 하면 열한 명 모두 자유롭게 될 거야. 하지만 네가 하나도 정확하게 맞추지 못한다면 그들은 영원히 바뀐 모습인 채로 나의 노예가 되는 거지. 하지만 네가 실패한 다음에는 너의 친구들과 부하들이 차례로 궁전으로 들어가서 너와 똑같은 시도를 하도록 은혜를 베풀어 주마."

"오, 고맙습니다! 고마워요. 정말 친절한 제안이오!"

오즈마 공주가 흥분해서 인사를 했다.

그때 놈 왕이 눈을 깜박이면서 덧붙였다.

"단 한 가지 조건이 있어."

"그게 뭐죠?"

"네가 고른 장식품 열한 개 중에 모습이 바뀐 이브 왕족이 하나도 없을 경우에는 그들을 자유롭게 풀어주는 대신에 너에게 마법을 걸어서 골동품이나 장식품으로 만들겠다. 이건 아주 공정하고 정당한 거래야. 그리고 이런 정도의 조건은 있어야 너도 위험을 감수했다고 말할 수 있겠지."

12
열한 번의 선택

놈 왕이 내건 조건을 듣고
난 오즈마는 입을 다물었다.
그리고 잠시 생각에 잠긴
얼굴로 친구들을 둘러보았다.
도로시가 강하게 만류했다.

"절대로 안돼요! 잘못 선택을
하면 당신은 놈 왕의 노예가
되어 버려요."

"하지만 나는 열한 번의 선택을 할 수가 있어.
열한 번 중에서 한 번은 분명히 옳은 선택을
할 거야. 그렇게만 하면 이브 왕족들을 구하고
나도 안전할 수 있어. 그런 다음에는 너희들에게 또다시 기
회가 있으니까 곧 모두 자유롭게 풀려날 수 있을 거야."

오즈마 공주가 대답을 했다.

그러자 허수아비가 재빨리 한 마디 했다.

"하지만 실패하면 어떻게 하죠? 나는 아마 꽤 그럴 듯한 골동품이 될 거예요, 안 그런가요?"

오즈마가 용감하게 말했다.

"절대로 실패해서는 안돼요! 우리는 가엾은 사람들을 구하기 위해서 아주 먼 길을 왔어요. 여기서 모험을 포기한다면 우리는 비겁하고 나약한 겁쟁이가 되는 거예요. 나는 놈 왕의 제안을 받아들여서 당장 궁전으로 들어가겠어요."

"그렇다면 나를 따라오너라, 애야. 내가 가는 길을 가르쳐 주마."

놈 왕이 고개를 끄덕이며 말했다. 너무 뚱뚱한 그는 왕좌에서 내려오기도 힘이 들어 보였다.

놈 왕이 동굴의 한쪽 벽으로 다가가서 손을 흔들자, 기다렸다는 듯이 문이 열렸다. 오즈마는 친구들에게 작별의 미소를 지어 보이고 용감하게 문 안으로 들어갔다.

문 안쪽은 화려한 복도였다. 오즈마는 지금까지 이보다 아름답고 웅장한 곳은 본 적이 없었다. 천장은 오즈마의 키보다 훨씬 높았는데 거대한 활 모양으로 둥글었고 사방의 벽과 바닥은 모두 여러가지 색깔의 반짝이는 대리석이었다. 마루에는 두꺼운 벨벳 양탄자가 깔려 있고 궁전의 수많은 방들로 들어가는 둥근 활모양의 문에는 주름을 잡은 묵직한 비단 휘장이 쳐져 있었다. 가구들은 화려하게 조각을 새긴 희귀한 나무들로 만들었고 고운 비단천으로 덮여 있었다. 궁전 전체가 신비스러운 장미빛 불빛으로 밝혀져 있었는데 그 빛은 특별히 어느 곳에서 흘러나오는 게 아니라 모든 곳에서 부드럽고 기분 좋은 광채를 내뿜고 있었다.

오즈마는 이방 저방을 들여다보며 보는 것마다 감탄을 금할 수가 없었다. 이 아름다운 궁전에는 오즈마 외에 다른 사람이 없었다. 잠시 후에 놈 왕마저 오즈마를 혼자 남겨 두고 가버리자, 그 화려한 방들 어디에도 다른 사람의 모습은 보이지가 않았다.

벽난로 위와 수많은 선반들, 테이블 위에는 온갖 종류의 금속, 유리, 도자기, 보석과 대리석으로 만든 것으로 보이는 수많은 장식품들이 다닥다닥 놓여 있었다. 꽃병들, 사람과 동물 모양의 장식품들, 큰 접시들과 그릇들, 그리고 값비싼 보석들로 만든 모자이크 세공, 그 이외에도 수많은 장식품들이 방 안을 가득 채우고 있었다. 또한 벽에는 그림들이 걸려 있었는데 지하 궁전은 희귀하고 흥미로우며 값나가는 물건들을 가득 모아 놓은 박물관과도 같았다.

먼저 대충 방들을 훑어본 오즈마는 이렇게 수없이 많은 장식품들 중에서 어느 것이 이브 왕족이 변한 모습인지 고민하기 시작했다. 오즈마가 선택을 하는데 도움이 될 만한 것은 하나도 없었다. 모든 것이 그저 생명 없는 물체로만 보일 뿐이었다. 결국 오즈마는 무턱대고 선택을 할 수밖에 없었다. 그때에서야 비로소 오즈마는 자신이 얼마나 위험한 일을 맡았는지 그리고 놈 왕의 노예가 된 다른 사람들을 풀어주기 위해서 얼마나 경솔하게 자신의 자유를 포기했는지를 깨달았다. 오즈마의 일행 중 어느 누구도 방문객들을 향해서 유쾌한 웃음을 던지는 그 왕의 교활함을 눈치채지 못했다. 놈 왕은 쉽게 그들을 함정에 빠뜨린 것이다.

그러나 용감하고 현명한 오즈마는 쉽게 단념하지 않았다. 오즈마는 열 개의 가지가 달린 은촛대를 바라보면서 생각했다.

"아마 이게 이브 왕비와 열 명의 아이들일 거야."

그래서 오즈마는 놈 왕이 가르쳐 준 대로 은촛대를 손으로 만지면서 큰소리로 외쳤다.

"이브!"

그러나 촛대는 어떤 모습으로도 변하지 않았다.

그리고 나서 오즈마는 다른 방으로 건너가서 열 명의 아이들 중의 하나일 것으로 짐작되는 도자기 램프를 만졌다. 하지만 오즈마는 이번에도 실패를 했다. 오즈마는 세 번, 네 번, 다섯 번, 여섯 번, 일곱 번, 여덟 번, 아홉 번 그리고 열 번의 선택을 했다. 그러나 한 번도 성공하지 못했다.

오즈마의 몸이 조금씩 떨리면서 얼굴이 하얗게 질렸다. 이제 남아 있는 선택은 오직 하나뿐이었고 오즈마의 운명은 그 선택의 결과에 달려 있었다.

오즈마는 서두르지 않기로 마음을 먹고 다양한 장식품들을 꼼꼼하게 살폈다. 그리고 어느 것을 선택할지 결정을 내리기 위해서 다시 한 번 모든 방들을 돌아다녔다. 마침내 어쩔 수 없이 막막한 기분으로 오즈마는 모든 것을 운에 맡기기로 결정했다. 어떤 방의 입구에 서서 오즈마는 눈을 꼭 감은 후 묵직한 휘장을 옆으로 밀쳤다. 그리고 오른팔을 앞으로 쭉 뻗치고 눈을 감은 채, 앞으로 나아갔다.

천천히, 조심스럽게 오즈마는 숨소리를 죽이며 앞으로 걸어갔다. 마침내 작고 둥근 탁자 위에 있는 어떤 물건이 손에 닿았다. 오즈마는 그 물건이 무엇인지 몰랐지만 작은 목소리로 속삭였다.

"이브."

그 후에도 방들은 죽은 듯 고요했다. 얼마 후에 놈 왕은 새로운 장식품을 하나 얻었다. 그의 탁자 위에는 커다란 하나의 에메랄드로 만든 듯이 보이는 예쁜 유리 메뚜기가 새로 놓여졌다. 그것은 다름 아닌 오즈의 나라에서 온 오즈마 공주였다.

바로 그 무렵 왕좌가 있는 그 방에서는 놈 왕이 갑자기 고개를 들고 만족스러운 미소를 지었다.

"다음!"

놈 왕이 유쾌한 목소리로 외쳤다.

걱정스럽게 입을 다물고 앉아 있던 도로시, 허수아비, 양철 나

무꾼은 당황스럽게 눈길을 주고받았다.

"오즈마 공주가 실패했습니까?"

틱톡이 묻자, 즐거운 얼굴로 작은 왕이 대답했다.

"그런 것 같구나. 하지만 적어도 너희들 중 한 명은 성공하겠지. 이번에는 열한 번이 아니라 열두 번의 기회를 주겠다. 왜냐하면 이제 장식품으로 바뀐 사람이 열둘이니까 말이야. 아무렴, 그래야지! 자, 이제 누가 갈 거지?"

"제가 가겠어요."

도로시가 말했다.

"그건 안돼. 나는 오즈마 군대의 지휘자로서 오즈마의 뒤를 따라서 오즈마를 구해낼 책임이 있어."

양철 나무꾼이 반대했다.

"그럼 자네가 가게. 하지만 조심해야 해, 친구."

허수아비가 동의하며 고개를 끄덕였다.

"그러겠네."

양철 나무꾼은 약속을 하고 놈 왕을 따라서 궁전 입구로 들어갔다. 그가 들어가고 나자 바위문은 다시 닫혔다.

13
놈 왕의 미소

놈 왕은 옥좌로
돌아와서 담뱃대에
다시 불을 불였다. 방에
남은 모험가들은 또다시
지루하게 기다렸다. 그들은
자신들의 소녀 여왕이 실패했으며,
이제 더할 수 없이 화려하게 치장했지만
끔찍하고 섬뜩한 분위기가 풍기는 놈 왕의
궁전을 꾸미는 일개 장식품이 되어버렸다는
사실을 깨닫고 크게 낙심했다. 일행은 앞으로
어떻게 해야 할지 알 수가 없었다. 그들은 모두
두려움에 떠는 졸병처럼 위축되어서 자신들도 곧

장식품이 될지도 모른다는 두려움을 느끼기 시작했다.

갑자기 놈 왕이 큰소리로 웃기 시작했다.

"하하하! 히히히! 호호호!"

"무슨 일이죠?"

허수아비가 물었다.

"맙소사, 너의 친구 양철 나무꾼이 정말 우스꽝스럽게 변했구나."

웃어서 흘러내린 눈물을 닦으면서 놈 왕은 즐거운 듯이 말을 이었다.

"너희들은 아무도 그가 얼마나 깜짝 놀라게 변했는지 짐작조차 못할 거야. 다음!"

그들은 무거운 마음으로 서로를 바라보았다. 장군들 중의 한 명이 슬프게 울기 시작했다.

"무엇 때문에 우는 거야?"

너무나 약한 모습을 보이는 것에 화가 난 허수아비가 물었다.

"양철 나무꾼님이 저에게 6주치 봉급을 빚졌거든요. 그분을 잃게 된 것이 유감스러워서 그래요."

장군은 훌쩍훌쩍 울면서 대답했다.

"그럼 당신이 가서 양철 나무꾼을 찾으시오."

허수아비가 명령했다.

"제가요!"

장군은 펄쩍 뛰게 놀라서 소리를 질렀다.

"물론이지. 당신의 임무는 지휘자를 따르는 거야. 앞으로 가!"

장군은 더듬더듬 변명을 늘어놓았다.

"그럴 수 없습니다. 저도 그렇게 하고 싶죠, 당연히. 하지만 아무튼 그럴 수 없습니다."

그러자 허수아비는 물어보듯이 놈 왕을 쳐다보았다. 유쾌한 군주가 큰소리로 말했다.

"어떻든 상관 없어. 저놈이 궁전에 들어가서 선택을 하지 않겠다면 내가 저놈을 펄펄 끓는 용광로에 던져버릴 테니."

이 말을 들은 장군은 총알처럼 빠르게 고함을 질렀다.

"가겠습니다! 당연히 가고말고요. 입구가 어디에 있더라, 입구가 어디지? 당장 가겠습니다."

그러자 놈 왕은 장군을 입구로 안내하고 다시 왕좌로 돌아와서 결과를 기다렸다. 그 장군이 무슨 일을 했는지는 아무도 알지 못했다. 그러나 오래지 않아서 놈 왕이 다음 희생자를 불렀고 한 대령이 운을 빌면서 안으로 들어갔다.

그렇게 한 사람 그리고 또 한 사람, 스물여섯 명의 장교들은 차례로 궁전으로 들어가서 선택을 하고 그리고 장식품으로 변해 버렸다.

그러는 동안 놈 왕은 기다리는 손님들에게 대접할 맛있는 음식을 갖고 오도록 명령을 내렸다. 그러자 왕의 명령을 받고 울퉁불퉁하게 생긴 놈 사람 한 명이 쟁반을 갖고 들어왔다. 그 놈 사람은 도로시가 이제까지 보아왔던 다른 놈 사람들과 외모는 똑같았지만 놈 왕의 우두머리 집사임을 알 수 있는 묵직한 금목걸이를 목에 걸고 있었다. 그는 매우 중요한 인물인 듯싶었는데 심지어 주인인 놈 왕에게 밤늦게 그렇게 많은 케이크를 먹다가는 탈이 날 것이라는 충고까지 서슴지 않았다.

그러나 배고픈 도로시의 귀에는 배탈이 날 것이라는 충고가 들어오지 않았다. 도로시는 맛있는 케이크를 여러 조각 먹고 갈색이 될 때까지 불에서 볶은 후 곱게 가루를 내어서 만든 진한 커피를 마셨다.

오즈마의 병사들이 모두 모험을 향해 떠나자, 이제 도로시와 허수아비, 틱톡, 그리고 명령을 기다리는 졸병만 남게 되었다. 물론 겁쟁이 사자와 배고픈 호랑이도 아직 함께 있었지만 배부르게 케이크를 먹은 사자와 호랑이는 동굴의 양쪽에 누워서 잠이 들어버렸고 반대편에는 목마가 나무조각처럼 꼼짝도 않고 조용히 서 있었다. 그리고 소리없이 주변을 돌아다니면서 바닥에 흘린 케이크 부스러기를 쪼아먹던 빌리나는 이미 잘 시간을 한참 넘겼으므로 잠을 잘 수 있을 만한 어두운 장소를 찾고 있었다.

마침내 암탉은 놈 왕의 바위 왕좌 밑에서 움푹 파인 구멍을 발견하고 살그머니 그 안으로 들어갔다. 비록 주변에서 나는 소리가 들려오기는 했지만 알맞게 어두컴컴한 그 구멍에서 암탉은 곧 잠에 빠져들었다.

"다음!"

놈 왕이 다시 외치자 졸병은 몸을 돌려서 죽음의 궁전 입구로 향했다. 그는 머리를 흔들면서 도로시와 허수아비에게 슬프게 작별 인사를 하고 바위문으로 들어갔다.

그리고 나서 동굴에 있는 사람들은 오랫동안 기다렸다. 장식품이 되는 시간을 조금이라도 늦추고 싶은 졸병이 매우 천천히 모든 방들을 둘러보고 선택을 했기 때문이었다. 마침내 놈 왕은 더 이상 참지 못하고 자리에서 일어나면서 외쳤다. 그는 자신의 아름다운 궁전 이곳저곳에 신비한 마법의 가루를 뿌려두고 모든 일들을 손바닥처럼 들여다보고 있는 것 같았다.

"나는 장식품을 무척 좋아하지만 더 이상 참을 수가 없구나. 이제 다른 장식품을 얻는 것은 내일까지 기다리기로 하겠다. 저 멍청한 졸병 녀석이 장식품으로 바뀌기만 하면 모두들 곧장 잠자리에 들고 나머지 사람들은 아침에 끝내도록 하자꾸나."

"밤이 아주 깊었나요?"

도로시가 물었다.

"흠, 자정이 지났지. 너무 늦었단 말이야. 사실 나의 왕국은 땅 밑에 있어서 해가 뜨지 않기 때문에 밤과 낮이 따로 없단다. 하지만 땅 위의 사람들과 마찬가지로 우리도 잠을 자야만 해. 그러니 나는 잠깐 잠을 자러 가야겠다."

실제로 왕의 말이 끝나고 얼마 지나지 않아서 졸병은 마지막 선택을 했다. 물론 그는 잘못된 선택을 했고 즉시 장식품으로 변해 버렸다. 그러자 놈 왕은 무척 기뻐하면서 우두머리 집사를 호출하기 위해서 손뼉을 쳤다.

"손님들이 주무실 방을 보여 드려라. 내가 굉장히 졸리니까 서두르도록 해라."

놈 왕이 우두머리 집사에게 명령했다.

"그렇게 늦게까지 앉아 계시지 말았어야 했어요. 내일 아침에 기분이 별로 좋지 않으실 거라구요."

집사가 퉁명스럽게 대답했다.

그러나 주인이 아무 대꾸도 하지 않자, 우두머리 집사는 도로시를 긴 복도로 통하는 또 다른 문으로 안내했다. 그곳에는 여러 개의 소박하지만 편안한 침실들이 있었다. 도로시는 첫번째 방을 배정받았고 비록 한 번도 잠을 잔 적이 없기는 하지만 허수아비와 틱톡도 옆방을 배정받았다. 그리고 사자와 호랑이가 세번째 방을 배정받았다. 목마는 절뚝거리며 집사의 뒤를 따라서 네번째 방으로 들어갔고 아침이 올 때까지 방 가운데에 뻣뻣이 서서 시간을 보냈다.

매일 매일 돌아오는 밤이 허수아비와 틱톡, 그리고 목마에게는 너무나 지루한 시간이었다. 그러나 그들은 경험을 통해서 참을성 있게 조용히 시간을 보내는 방법을 배워 왔다. 왜냐하면 육체를 가진 그들의 친구들은 잠을 자야만 했고 잠을 잘 때 방해하는 것을 좋아하지 않기 때문이었다.

방을 안내해준 우두머리 집사가 그들만을 남겨두고 나가자, 허수아비는 서글프게 말했다.

"나의 오랜 친구 양철 나무꾼을 잃게 되다니 너무나 슬퍼. 우리는 함께 숱한 모험을 겪었고 잘 헤쳐 나왔어. 그런데 이제 그가 장식품이 되어버렸고 영원히 볼 수 없게 되었다는 것이 믿어지지가 않아."

틱톡이 말했다.

"그는 양철로 만들어져 있어서, 원래부터 장식품이나 마찬가지였습니다."

허수아비는 여전히 슬프게 말했다.

"사실이야. 하지만 지금은 또 달라. 놈 왕이 양철 나무꾼을 비웃으면서 그가 궁전에서 가장 우스꽝스러운 장식품이라고 말했잖아. 내 가엾은 친구는 틀림없이 자존심에 상처를 입었을 거야."

"내일 아침이면, 우리 역시, 더 볼품없는 장식품으로 변하게 될 겁니다."

슬퍼하는 허수아비를 바라보면서 기계 인간이 억양 없는 음성으로 말했다.

바로 그때 도로시가 무척 불안한 모습으로 소리를 지르면서 그들의 방으로 뛰어들어왔다.

"빌리나는 어디에 있지? 빌리나 못 봤어? 혹시 빌리나가 이 방에 있니?"

"아니."

허수아비가 대답했다.

"그럼 빌리나가 어떻게 된 거야?"

도로시는 깜짝 놀라면서 물었다.

허수아비가 고개를 흔들면서 말했다.

"글쎄, 난 너와 같이 있는 줄 알았지. 그 노란 암탉이 케이크 부스러기를 쪼아먹던 모습까지는 기억이 나지만 그 이후에는 본 기억이 없어."

"그렇다면 왕좌가 있는 방에 빌리나를 두고 온 게 틀림없어."

도로시는 즉시 몸을 돌려서 복도를 지나 자신들이 들어왔던 문으로 달려갔다. 그러나 이미 문은 굳게 닫힌 채, 안에서 잠겨져 있었다. 그 무거운 문은 너무나 두꺼워서 아무리 소리를 쳐도 들리지 않았다. 하는 수 없이 도로시는 자신의 침실로 돌아왔다.

이때 겁쟁이 사자가 도로시의 방으로 머리를 들이밀었다.

사자는 깃털 달린 친구를 잃어버린 도로시를 위로하기 위해서 입을 열었다.

"그 노란 암탉은 자신을 잘 돌볼 거야. 그러니 걱정하지 말고 잠을 자도록 해 봐. 오늘은 정말 길고 힘든 하루였지. 너는 쉬어야만 해."

"내일이 되면 실컷 쉴 수 있겠지. 장식품이 되면 말이야."

도로시가 대답했다. 그러나 침대에 누운 도로시는 걱정스러운 마음에도 불구하고 곧 꿈나라로 빠져들었다.

14
용감한 도로시

그 동안 우두머리 집사는 왕좌가 있는 방으로 돌아와서 왕에게 보고했다.

"그런 하찮은 인간들에게 그렇게 많은 시간을 허비하다니 바보시로군요."

"뭐라구!"

놈 왕이 너무나 화난 목소리로 소리쳤기 때문에 왕좌 밑에서 잠이 들었던 빌리나가 잠에서 깨어났다.

"어떻게 네가 감히 나에게 바보라고 말한단 말이냐?"

"저는 다만 진실을 말씀드리고 싶은 것뿐입니다. 어째서 폐하께서는 한꺼번에 저들에게 마법을 거는 대신에 한 명씩 궁전으로 들여보내서 이브 왕비와 아이들을 골라내도록 허락하셨습니까?"

"이런, 멍청한 녀석, 그게 더 재미있고 오랫동안 나를 즐겁게 해주기 때문이지."

놈 왕이 혀를 차며 대답했다.

"하지만 만약 그 놈들 중의 누가 올바른 선택을 한다면 폐하는 이브 왕족은 물론 새로 얻은 장식품들을 몽땅 잃게 됩니다."

"그 놈들은 절대로 올바른 선택을 할 수가 없다. 이브 왕비와 아이들이 보라색 장식품이 된 것을 그 놈들이 무슨 수로 알겠느냐?"

"하지만 궁전에는 이브 왕족들 말고 다른 보라색 장식품은 없는데요."

"그렇지만 다른 색깔의 장식품들이 많이 있지. 그리고 보라색 장식품은 이 방 저 방에 아주 다른 모양과 크기로 흩어져 있고 말이야. 아무튼 나를 믿어, 집사. 그 놈들은 절대로 보라색 장식품을 선택하지 않을 테니까 말이야."

왕좌 밑에 웅크리고 앉아서 빌리나는 이 모든 대화를 엿들었다. 그리고 왕의 비밀을 알아낸 것이 너무 기뻐서 조그맣게 꼬꼬꼬 소리를 냈다.

"어쨌든 폐하께서는 저들에게 기회를 주는 바보짓을 하고 계십니다. 그리고 오즈에서 온 사람들을 모두 녹색 장식품으로 변하게 한 것은 더 바보스러운 짓입니다."

집사는 여전히 불만스러워했다.

"내가 그렇게 한 것은 그들이 모두 에메랄드 도시에서 왔고 지금까지 내가 수집한 장식품에는 녹색이 없었기 때문이야. 다른 것들과 함께 섞여 있으면 녹색은 정말 예쁘게 보일 테지. 안 그래?"

집사는 화가 나서 투덜거리기 시작했다.

"마음대로 하십시오, 폐하가 왕이시니까요. 하지만 폐하의 경솔함이 커다란 재난을 불러오면 그땐 제가 드렸던 말씀을 기억하십시오. 만약 저에게 폐하가 두르고 계시는 것처럼 무엇이든 변하게 만들 수 있고 어떤 마법도 부릴 수 있게 해주는 그 마술 허리띠가 있었다면 분명히 폐하보다는 더 현명하고 나은 왕이 되었을 것입니다."

놈 왕은 발끈해서 명령했다.

"오, 그 성가신 입을 다물지 못하겠느냐! 너는 나의 우두머리 집사이고 따라서 너의 생각을 나에게 말할 수 있었다. 하지만 다시 한 번 건방지게 군다면 너를 대장간으로 보내고 대신 다른 사람을 네 자리에 임명하겠다. 자, 이제 침실로 가서 잠을 자야겠다. 내일 아침 일찍 나를 깨우도록 하라. 남아 있는 놈들이 장식품으로 변하는 즐거움을 빨리 느끼고 싶으니까."

"캔자스에서 온 계집아이는 무슨 색 장식품으로 만드실

건가요?"

집사가 물었다.

"회색으로."

"허수아비와 기계 인간은요?"

"오, 그놈들은 순금으로 만들 거야. 살아 있는 동안 너무 흉한 모습이었으니까 말이야."

그리고 나서 목소리가 사라졌으므로 빌리나는 왕과 집사가 떠났음을 알았다. 빌리나는 흐트러진 꽁지털을 다듬고 다시 날개 속에 머리를 파묻었다. 곧 빌리나는 잠에 빠져 들었다.

아침이 되자, 도로시와 사자 그리고 호랑이는 각자 자신의 방에서 아침을 먹은 후에 왕좌가 있는 방에서 놈 왕과 다시 만났다. 그런데 여전히 몹시 배가 고픈 호랑이는 몹시 투덜거렸다. 그리고 더 이상 굶주림의 고통을 겪고 싶지 않았기 때문에 어서 궁전으로 들어가서 장식품이 되게 해달라고 간청했다.

"아침을 먹지 않았느냐?"

놈 왕이 물었다.

"흥, 방금 전에 조금 먹긴 먹었죠. 하지만 배고픈 호랑이에게는 눈꼽만큼밖에 안 되는 적은 음식이었다구요."

맹수가 대꾸했다.

"저 호랑이는 죽 열일곱 그릇, 튀긴 소시지 한 접시, 빵 열한 덩어리와 고기 파이 스물한 조각을 먹었습니다."

집사가 보고했다.

"그런데도 더 먹고 싶은 게 있느냐?"

놈 왕이 배고픈 호랑이게 물었다.

"살찐 아기 돼지를 먹고 싶어요, 통통한 아기 돼지요. 맛 좋고 포동포동하게 살찌고 보드라운 아기 돼지 말이에요. 그렇지만 나에게 양심이 있는 한 아기 돼지를 먹을 수는 없어요. 그러니까 빨리 장식품이 되어서 배고픔을 잊고 싶다구요."

놈 왕이 버럭 소리를 질렀다.

"그럴 순 없다! 나는 거친 맹수들이 나의 궁전으로 들어가서 예쁜 장식품들을 망가뜨리고 부수도록 두지 않겠다. 남아 있는 너희 친구들이 장식품으로 다 변하고 나면 너희들은 땅 위로 돌아가서 자기 일이나 신경 쓰도록 해라."

도로시는 자신이 먼저 궁궐 안으로 들어갈 수 있도록 허락해 달라고 간청했다. 그러나 틱톡이 앞으로 나서면서 노예는 주인보다 먼저 위험을 맞아야 하는 법이라고 강력하게 주장했다. 허수아비도 틱톡의 말에 동조했으므로 놈 왕은 궁전으로 통하는 문을 열어서 기계 인간을 운명과 맞서도록 했다. 그리고 나서 놈 왕은 왕좌로 돌아와서 늘 하던 대로 담뱃대를 채우고 머리 위에 담배 연기로 작은 구름을 만들어냈다.

놈 왕이 천천히 입을 열었다.

"너희가 몇 명밖에 남지 않은 것이 아쉽구나. 이제 이런 즐거움도 곧 끝나버리고 나면 새로 얻은 장식품들을 감상하는 것밖에는 다른 즐거움이 없을 테니까 말이야."

"틱톡은 지금 무얼 하고 있죠?"

도로시가 걱정스럽게 물었다.

"아무것도 안하고 있어. 방한가운데에서 꼼짝도 하지 않고 서서 말이야."

놈 왕이 얼굴을 찌푸리면서 대답했다.

"어머나, 태엽이 다 풀렸나 봐요. 오늘 아침에 틱톡의 태엽을 감아 주는 걸 잊었어요. 틱톡이 몇 번 선택을 했죠?"

도로시가 안타깝게 물었다.

"다 하고 이제 한 번만 남아 있지. 그럼 네가 안으로 들어가서 태엽을 감아 준 다음, 거기 머물면서 선택을 하는 게 어떻겠니?"

놈 왕이 제의하자 도로시는 재빨리 대답했다.

"좋아요."

도로시는 용기를 내어서 궁전의 화려한 방들과 연결되어 있는 복도로 들어갔다. 하지만 소리 하나 들리지 않는 궁전의 고요함에 더럭 겁을 먹었다. 도로시는 숨을 할딱이면서 뛰는 가슴을 손으로 눌렀다. 그리고 놀란 눈으로 주위를 두리번거렸다.

참으로 그곳은 아름다운 곳이었다. 하지만 곳곳에 놈 왕의 마법이 숨어 있었다. 도로시는 이런 환상의 나라의 마법을 알아차리기에는 아직 어렸다. 마법에 걸린 환상의 나라

는 도로시가 자란 평화롭고 상식적인 고향과는 너무나 달랐던 것이다.

천천히 여러 개의 방들을 돌아본 도로시는 마침내 꼼짝도 하지 않고 서 있는 틱톡과 마주쳤다. 이 비밀의 궁전에서 친구를 발견한 도로시는 너무나 기뻐서 서둘러 기계 인간의 동작 태엽과 말 태엽, 그리고 생각 태엽을 감아주었다.

"고맙습니다, 도로시님. 이제 저에게는 한 번의 선택이 남았습니다."

기계 인간이 입을 열었다.

"정말 신중해야 해, 틱톡, 그럴 거지?"

"네. 하지만 놈 왕은 우리를 손에 넣기 위해 함정을 만들었습니다. 저는 우리 모두 실패할까봐 두렵습니다."

"나도 두려워."

도로시가 슬프게 말했다.

"최선을 다하면 돼. 네가 실패하더라도 어떤 모습으로 변했는지 내가 지켜보고 있을 테니까."

도로시가 용기를 북돋워 주었다. 틱톡은 한쪽에 데이지꽃이 그려진 노란 유리 꽃병을 손으로 만지면서 말했다.

"이브."

눈 깜짝할 사이에 기계 인간은 사라져버렸다. 도로시는 재빨리 사방을 두리번거렸지만 그 방에 있는 수많은 장식품들 중에서 어느 것이 그녀의 성실한 친구이며 하인인 기계 인간이었는지 가려낼 수가 없었다.

일이 그렇게 되자, 이제 도로시가 할 수 있는 것이라고는 어쩔 수 없이 자신에게 돌아온 임무를 받아들여서 선택을 하고 그 결과를 따르는 것뿐이었다.

"변하는 게 그렇게 아프지는 않은가봐. 아무도 비명을 지르거나 소리치는 것을 듣지 못했잖아. 그 불쌍한 장교들조차 소리를 지르지 않았어. 맙소사! 헨리 아저씨나 엠 아주머니는 내가 놈 왕의 궁전에서 장식품이 되어버린 것을 알 수나 있을까? 영원히 한 자리에 서 있어야 하고 청소를 할 때만 잠깐 움직일 수 있겠지. 그런 생각은 정말 끔찍해. 하지만 다른 방법이 없는걸."

도로시는 다시 한 번 모든 방들을 둘러보면서 장식품들을 꼼꼼하게 조사했다. 그러나 궁전에는 너무나 많은 장식품이 있었기 때문에 당황하지 않을 수가 없었다. 결국 도로시는 오즈마처럼 행동할 결심을 했다. 도로시가 바른 선택을 할 수 없도록 방해하는 장식품들이 너무나 많았기 때문에 그렇게 하는 것만이 최선인 것 같았다.

두려움에 떨면서 도로시는 마노 그릇을 만지며 말했다.

"이브."

도로시는 생각했다.

'아무튼 하나는 실패했구나. 하지만 어떻게 내가 마법에 걸려 있는 장식품과 진짜 장식품을 알 수가 있겠어?'

다음에 도로시는 벽난로 선반 위에 서 있는 보라색 고양이 형상을 만지면서 속삭였다.

"이브."

그와 동시에 고양이가 사라졌다. 그리고 예쁘장한 금발의 소년이 도로시의 옆에 나타났다. 동시에 어딘가에서 종소리가 울려퍼졌다. 도로시가 놀랍고 기쁜 마음에 몇 걸음 뒤로 물러나자, 소년이 큰소리로 물었다.

"여기가 어디지? 너는 누구야? 그리고 나에게 무슨 일이 일어났던 거야?"

"어머, 내가 해냈어! 내가 정말로 해낸 거야!"

도로시가 기뻐하며 소리쳤다.

"뭘 했다는 거야?"

소년이 물었다.

"하마터면 장식품이 될 뻔한 나 자신을 구해낸 거야. 그

리고 영원히 보라색 고양이로 남을 뻔한 너를 구해냈고."

도로시는 미소를 지으면서 대답했다.

"보라색 고양이? 그런 건 여기 없는걸."

소년이 어리둥절한 얼굴로 말했다.

"나도 알아. 하지만 조금 전엔 여기 있었어. 네가 벽난로 선반의 구석에 서 있던 게 기억나지 않니?"

"기억나지 않아. 나는 이브 나라의 왕자 이브링이야. 그런데 아버지인 왕이 나의 어머니와 나의 형제들을 놈 나라의 잔인한 왕에게 팔아 버렸어. 그리고 그 이후로는 전혀 기억이 나지 않아."

도로시는 고개를 끄덕였다.

"너는 지금까지 보라색 고양이였어, 이브링. 하지만 이제 너는 다시 본래 모습을 찾았고 나는 너의 형제들과 누이들, 그리고 너의 어머니를 구해야 해. 그러니 나와 함께 가자."

도로시는 남자아이의 손을 잡고 부지런히 이곳저곳을 돌아다니면서 다음에는 어느 것을 선택할지 고민했다. 하지만 세번째 선택에 실패했고 네번째와 다섯번째도 실패했다. 어린 이브링은 도로시가 하는 일이 무엇인지 짐작조차 할 수 없었다. 그러나 이브링은 새로 만난 친구가 마음에 들었으므로 종종걸음으로 도로시의 옆을 따라다녔다.

도로시의 나머지 선택은 모두 실패로 돌아갔다. 하지만 처음에 실망스럽던 마음이 사라지자, 도로시의 가슴은 곧 기쁨과 감사로 가득 차올랐다. 결국 이브 왕족 중의 한 명을 구해낸 것이다. 그리고 이 어린 왕자가 슬픔에 빠진 나라를 되찾게 될 것이다. 이제 도로시는 자신이 구해낸 금발의 소년을 데리고 안전하게 돌아갈 수가 있는 것이다.

　도로시는 왔던 길을 더듬어서 궁전으로 들어가는 입구를 찾았다. 그리고 도로시가 도착하자, 육중한 바위문이 저절로 열리면서 도로시와 이브링을 왕좌가 있는 방으로 들여보내 주었다.

15
빌리나가 놈 왕을 겁주다

도로시가 궁전으로
들어가자 허수아비는
놈 왕과 둘이
남게 되었다.
두 사람은 한참 동안
말없이 앉아 있었다. 문득
놈 왕이 만족스러운 목소리로 소리쳤다.
"아주 잘 했어!"
"누가 잘했다는 거죠?"
허수아비가 물었다.
"기계 인간이지. 이제 더 이상 태엽을 감아주지 않아도
돼. 지금은 아주 근사한 장식품이 되었으니까 말이야. 정말

근사하군, 그래."

"도로시는 어떻게 되었나요?"

허수아비가 다시 물었다.

"오, 그 아이는 곧 선택을 시작하겠지. 그리고 나서 내 장식품 중에 하나가 될 거고 말이야. 그 다음은 네 차례야."

착한 허수아비는 자신의 어린 친구가 오즈마나 다른 병사들과 같은 불행을 당한다고 생각하자 몹시 마음이 울적해졌다. 그렇게 허수아비가 우울하게 앉아 있을 때 갑자기 침묵을 깨고 날카로운 소리가 터져나왔다.

"꼬꼬꼬, 꼬꼬댁! 꼬꼬꼬, 꼬꼬댁!"

너무나 놀라서 놈 왕은 튕기듯이 의자에서 일어났다.

"이크! 이게 뭐야?"

놈 왕이 고함을 질렀다.

"빌리나죠, 뭐."

허수아비가 말했다.

"어째서 그런 소리를 질러대는 것이냐?"

왕좌 밑에서 나온 암탉이 뽐내듯 의기양양하게 방을 돌아다니자 화가 난 왕이 소리를 질렀다.

"나에겐 꼬꼬댁하고 울 권리가 있는 것 같은데요. 방금 알을 낳았으니까요."

빌리나가 대답했다.

"뭐야! 알을 낳아! 나의 왕좌에서! 어떻게 감히 그런 짓을 한단 말이냐?"

왕이 성난 목소리로 빌리나를 비난했다.

"상황이 어쩔 수 없다면 나는 어디든지 알을 낳는다구요."

암탉이 발끈해서 깃털을 곤두세우며 말했다.

"그렇지만 제기랄! 달걀이 독이 된다는 걸 모르느냐?"

놈 왕은 고래고래 소리를 질렀다. 놈 왕의 바위색 눈동자에 커다란 공포가 엿보였다.

"독이라뇨! 분명히 말하지만 내가 낳은 달걀들은 모두 갓 낳은 신선한 것들이라구요. 독이라니, 세상에!"

"내 말을 이해하지 못하는구나. 달걀은 바깥 세상, 그러니까 땅 위의 세상에만 속하는 것이다. 이곳, 나의 지하 왕국에서 달걀은 독약으로 분류되고 있어. 우리 놈 나라 사람들은 달걀 근처에 있을 수가 없다구."

"그래도 이번에는 달걀 하나를 근처에 둘 수밖에 없을 거예요. 내가 알을 낳았으니까."

"어디에 말이냐?"

"왕좌 밑에요."

그 순간 놈 왕은 1미터쯤 공중으로 펄쩍 뛰어올랐다. 그는 굉장히 불안해 하면서 왕좌에서 내려왔다.

"그걸 치워 버려라! 당장 그걸 치워 버려!"

놈 왕이 소리를 쳤다.

"그럴 수 없어요. 나는 손이 없다구요."

암탉은 태연하게 대꾸했다. 그러자 허수아비가 나섰다.

"내가 달걀을 갖도록 하죠. 나는 빌리나의 달걀을 모으는 중이거든요. 지금 내 주머니에 빌리나가 어제 낳은 달걀이 하나 들어 있어요."

이 말을 듣자 놈 왕은 급히 허수아비로부터 멀찍이 떨어졌다. 허수아비가 왕좌 밑에 있는 달걀에 손을 뻗는 순간 갑자기 암탉이 소리쳤다.

"잠깐!"

"왜 그래?"

허수아비가 물었다.

"내가 궁전 안에 들어가서 다른 사람들처럼 선택을 할 수 있도록 저 왕이 허락할 때까지는 내 달걀에 손대지 마."

빌리나가 요구했다.

"흥! 너는 한낱 암탉에 불과하다. 무슨 수로 나의 마법을 가려낸단 말이냐?"

왕은 코웃음을 쳤다.

"노력은 할 수 있겠죠. 그리고 내가 실패하면 당신은 또 하나의 장식품을 얻을 테구요."

놈 왕은 성이 나서 대꾸했다.

"암탉 따위가 변한 장식품이 예쁠 것 같으냐, 응? 하지만 네가 선택을 한 것이니 후회는 하지 마라. 감히 내 앞에서 달걀을 낳은 데 대한 적절한 벌이 되겠지. 허수아비가 마법에 걸린 후에 궁전으로 들어가도 좋다. 하지만 어떻게 물건을 만질 수 있단 말이냐?"

"발톱으로 물건을 건드린 후 다른 사람들처럼 '이브'라고 말을 하죠. 그리고 내가 성공하면 친구들을 자유롭게 풀어 주어야 합니다."

"아무렴, 약속하겠다."

놈 왕이 고개를 끄덕이는 것을 보자 빌리나는 허수아비에게 몸을 돌렸다.

"그렇다면 이제 달걀을 가져도 좋아."

허수아비는 무릎을 꿇고 엎드려서 왕좌 밑으로 손을 뻗었다. 달걀 두 개가 한 주머니에 있다가는 서로 부딪쳐서 깨질 수도 있었으므로 걱정이 된 허수아비는 다른 주머니에 달걀을 집어넣었다.

바로 그때 왕좌 위에서 맑은 종소리가 울려퍼지자 놈 왕은 또 한번 펄쩍 뛰어올랐다.

놈 왕은 후회스러운 얼굴로 중얼거렸다.

"이런, 세상에. 그 여자애가 해냈어."

"뭘 해냈나요?"

허수아비가 물었다.

"여자애가 하나를 제대로 선택했어. 내 가장 근사한 장식품 중의 하나를 마법에서 풀었다구! 이럴 수가, 이건 최악이야. 그 여자애가 해내리라고는 생각도 못했는데."

"그럼 도로시는 지금 무사히 돌아오고 있겠군요?"

허수아비가 급히 물었다. 얼굴에 미소가 활짝 번졌다.

놈 왕이 초조한 듯이 방을 왔다갔다 했다.

"물론이야. 아무리 바보 같은 상대라도 나는 언제나 약속을 지켰어. 하지만 노란 암탉을 장식물로 만들어서 방금 내가 잃은 장식품이 있던 자리에 채워 두게 되겠지."

"그렇게 될 것 같지만 그렇게 하지는 못할걸요. 내가 올바른 선택을 해서 임금님을 놀라게 할 테니까요."

빌리나가 침착하게 중얼거렸다.

"올바른 선택을 한다고? 너보다 나은 사람들도 실패했는데 무슨 수로 그런다는 거지, 이 멍청한 닭아?"

놈 왕이 비웃었지만 빌리나는 대꾸할 필요를 느끼지 않았다. 그리고 잠시 후 문이 열리면서 도로시가 어린 이브링 왕자의 손을 잡고 들어왔다.

허수아비는 도로시를 꼭 끌어안으며 기뻐했다. 그 다음에는 이브링 왕자를 꼭 끌어안았다. 그러나 어린 왕자는 아직 허수아비가 갖고 있는 많은 훌륭한 자질들을 알지 못했기 때문에, 허수아비의 품에 안긴 것을 부끄러워하면서 재빨리 뒤로 물러났다.

어쨌든 그들은 이야기를 나눌 시간이 없었다. 이제 허수아비가 궁전으로 들어가야만 할 차례였다. 허수아비는 도로시의 성공에 크게 용기를 얻었고 최소한 하나쯤은 올바른 선택을 할 것이라는 희망을 갖게 되었다.

그러나 시간이 흐르자, 허수아비가 다른 사람들처럼 실패했음이 밝혀졌다. 오랜 시간을 들여서 신중하게 선택했지만 가엾은 허수아비는 하나도 올바르게 선택하지 못했다.

허수아비는 순금으로 만든 장식품으로 변했다. 이제 아름답지만 끔찍한 궁전은 다음 방문객을 기다리고 있었다.

"모두 끝났다. 캔자스에서 온 여자애의 선택만 제외하면 아주 즐거운 시간이었어. 나는 많은 멋진 장식품들을 가진 부자가 된 거야."

놈 왕이 만족스럽게 말했다.

"내 차례잖아요, 이번엔."

빌리나가 팔짝 뛰며 소리쳤다. 놈 왕은 빌리나를 흘낏 보았다.

"오, 너를 깜박 잊었구나. 하지만 가고 싶지 않다면 그만두어도 좋다. 은혜를 베풀어서 너를 풀어주마."

"그러지 않아도 된다구요. 나는 선택을 할 거예요, 약속했잖아요."

"그렇다면 가거라, 이 멍청한 닭아!"

놈 왕은 툴툴거렸다. 그는 다시 한번 궁전으로 들어가는 문을 열어 주었다.

"가지 마, 빌리나. 그 장식품들을 골라내는 일은 쉽지 않아. 나만 운좋게도 단 한 번의 행운으로 빠져나올 수가 있었던 거야. 나와 함께 있어줘. 그리고 우리는 함께 이브의 나라로 돌아가는 거야. 이 어린 왕자가 도와줄 거야."

도로시가 열심히 빌리나를 말렸다.

"고마워, 도로시. 하지만 나는 가겠어. 다시 돌아올 테니까 작별 인사는 하지 않을래. 용기를 잃지 마. 곧 돌아올 거야."

말을 마치자 빌리나는 살찐 놈 왕의 신경을 곤두세우려는 듯이 큰소리로 꼬꼬댁하고 운 다음, 마법에 걸린 궁전으로 들어가는 문으로 나갔다.

"다시는 저놈의 새를 안 봤으면 좋겠구나."

큰소리로 말을 한 후 놈 왕은 다시 왕좌로 돌아와서 앉았다. 그는 바위 색깔의 손수건으로 이마의 땀을 닦아냈다.

"암탉은 기껏해야 귀찮은 정도이지. 하지만 그것들이 모두 말을 할 수 있게 되면 정말 끔찍할 거야."

16
보라색, 초록색, 황금색

노란 암탉은 발을 높이 들고 굉장히 자신만만한 모습으로 걸어갔다. 그리고 천천히 값비싼 벨벳 양탄자가 깔려 있는 화려한 궁전 안을 예리하고 작은 눈으로 살펴보았다. 마주치는 것은 무엇이든 하나도 놓치지 않았다.

물론 빌리나에게는 거드름을 피워도 될 만한 충분한 이유가 있었다. 오직 빌리나만이 놈 왕의 비밀을 엿들었고 어떤 것이 마법에 걸린 사람들인지를 가려낼 수가 있기 때문이었다. 빌리나는 자신이 분명히 옳은 선택을 하리라는 것을 믿었다. 하지만 선택을 하기 전에 빌리나는 이 웅장한 지하 궁전을 실컷 감상할 생각이었다. 그리고 이곳이야말로 환상의 나라에서도 가장 화려하고 아름다운 장소 중의 하나가 아닐까 하고 감탄했다.

방들을 돌아다니면서 빌리나는 보라색 장식품의 수를 헤아렸다. 그 중의 몇 개는 작고 기묘한 장소에 숨겨져 있었지만 빌리나는 꼼꼼하게 뒤져서 각 방에 흩어져 있는 보라색 장식품 열 개를 모두 찾아냈다. 빌리나는 녹색 장식품에는 신경을 쓰지 않았다. 지금은 보라색 장식품을 찾고 그 다음에 녹색 장식품을 찾을 생각이었다.

마침내 궁전 전체를 다 조사하고 궁전의 화려한 장식들을 실컷 감상하고 나자, 노란 암탉은 커다란 보라색 발판을 주의 깊게 봐두었던 방으로 되돌아왔다. 암탉은 발톱을 보라색 발판 위에 올리고 말했다.

"이브."

그러자 순식간에 발판은 사라지고 키가 크고 호리호리하며 굉장히 아름다운 긴 옷을 입고 있는 사랑스러운 여인이 암탉의 앞에 나타났다.

한동안 여인은 어리둥절한 얼굴로 눈을 둥그렇게 떴다. 여인은 마법에 걸렸던 사실을 기억할 수가 없었고 다시 생명을 되찾은 것도 알 수가 없었던 것이다.

"안녕하세요, 부인? 무척 아름다우시군요. 물론 나이에 비해서 말이죠."

빌리나가 날카로운 목소리로 말했다.

"누가 말을 하는 거지?"

이브 왕비가 당당하게 허리를 쭉 펴면서 물었다.

노란 암탉은 의자 등으로 날아 올라간 후 대답했다.

"에, 도로시가 제 이름을 빌리나로 고쳐주긴 했지만 제 본래 이름은 빌이랍니다. 하지만 이름이야 어떻든 상관없죠. 제가 당신을 놈 왕으로부터 구해냈고 이제 당신은 더 이상 노예가 아니에요."

"그렇다면 고마운 일이로구나."

여왕은 정중하게 인사를 했다. 그리고 나서 왕비는 간절하게 두 손을 비비면서 물었다.

"그런데, 나의 아이들은…… 말해다오, 제발, 나의 아이들은 어디에 있지?"

"걱정하지 마세요."

왕비를 안심시키며 빌리나는 막 의자 위를 기어가는 조그만 벌레 한 마리를 콕 쪼아먹었다.

"현재 당신의 아이들은 장난꾸러기들의 손이 미치지 않는 곳에 안전하게 있어요. 흔들리는 일조차 없이 말이에요."

"무슨 뜻이지, 오, 친절한 방문객아?"

왕비가 불안한 마음을 애써 누르면서 물었다.

"아이들은 마법에 걸려 있어요. 바로 당신이 걸렸듯이 모두 말이에요. 도로시가 구해낸 작은 아이만 빼고요. 당신의 아이들은 예쁜 남자아이와 여자아이로 다시 돌아갈 수 있는 기회가 몇 번 있었지만, 모두 실패하고 말았죠."

빌리나의 말을 듣고 난 왕비는 괴로워하면서 흐느껴 울기 시작했다.

"오, 내 불쌍한 아이들아!"

암탉이 여왕을 달랬다.

"그렇지 않아요. 제가 당신의 아이들을 그냥 두지는 않을 테니까요, 왕비님. 제가 곧 예전처럼 아이들이 당신을 둘러싸고 귀찮게 굴도록 만들겠어요. 함께 가요, 괜찮다면 왕비님의 아이들이 얼마나 예쁜 모습인지 보여드리죠."

빌리나는 의자 등에서 내려와서 옆방으로 걸어 들어갔다. 왕비는 암탉의 뒤를 따라왔다. 낮은 테이블을 지날 때 작은 녹색 메뚜기가 눈에 들어오자 빌리나는 잽싸게 날카로운 부리로 메뚜기를 콕 쪼았다. 메뚜기는 닭들이 좋아하는 음식이었고 재빨리 잡지 않으면 폴짝 뛰어서 달아나기 때문이었다. 그런데 그것은 바로 오즈에서 온 오즈마가 에메랄드 메뚜기로 변한 것이었다. 빌리나는 곧 그 메뚜기가 단단하고 생명이 없는 것임을 알아챘다. 빌리나는 혼자 투덜거렸다.

"진작 눈치챘어야 했는데. 여기엔 메뚜기가 먹고 살 만한 풀밭이 없다는 걸 말이야. 이건 아마도 왕의 마법에 걸린 사람들 중의 하나일 거야."

잠시 후 빌리나는 보라색 장식품들 중의 하나로 가까이 다가갔다. 왕비는 암탉이 놈 왕의 마법을 깨는 모습을 호기

심 어린 눈으로 지켜보았다. 곧 긴 금발을 어깨 위까지 늘
어뜨린 귀여운 소녀가 그들 앞에 나타났다.

"이반나! 내 아기 이반나야!"

왕비가 큰소리로 외치면서 소녀를 가슴에 끌어안고 키스
로 얼굴을 뒤덮었다.

빌리나는 만족스럽게 중얼거렸다.

"아주 좋아, 나는 훌륭한 선택자란 말이지요, 놈 왕님?
아무렴, 해냈다고요!"

그리고 나서 빌리나는 왕비가 이브로즈라고 부르는 또 다
른 소녀의 마법을 풀었고 그 다음엔 이브링의 형 이바르도
의 마법을 풀었다. 정말이지 상냥하고 마음씨 착한 노란 암
탉은 다섯 명의 공주와 네 명의 왕자들을 한 명씩 구해낼

때마다 잠깐씩 왕비가 기쁨의 비명을 지르며 아이들을 끌어안을 시간을 주었다. 체격만 다를 뿐 모두 아주 비슷하게 생긴 아이들은 행복해 하는 어머니 옆에 나란히 섰다.

공주들의 이름은 이반나, 이브로즈, 이벨라, 이비렌 그리고 이베드나였으며 왕자들의 이름은 이브로브, 이빙톤, 이바르도, 그리고 이브롤랜드였다. 이바르도가 그들 중에서 가장 만형으로서 고국으로 되돌아가면 이브 왕국의 왕관과 왕좌를 물려받게 될 것이었다. 그는 진지하고 조용한 청년으로 틀림없이 자신의 백성들을 현명하고 공정하게 다스릴 것 같았다.

이브 왕족 모두를 원래의 모습으로 되돌린 빌리나는 이제 오즈 나라 사람들이 변한 녹색 장식품을 고르기 시작했다. 빌리나는 어렵지 않게 그들을 찾아냈고 오래지 않아서 졸병을 비롯해서 스물일곱 명의 장교들에게 둘러싸여서 기쁨과 감사의 인사를 받았다.

다시 살아난 서른일곱 명의 사람들은 모두 그들이 영리한 노란 암탉 덕분에 자유를 찾게 되었다는 것을 깊이 인식하고 놈 왕의 마법에서 자신들을 구해준 데 대해서 감사했다.

빌리나가 입을 열었다.

"이제, 나는 오즈마를 찾아야만 해요. 오즈마는 여기 어딘가에 분명히 있어요. 그리고 오즈 사람이기 때문에 당연히 녹색을 띠고 있을 거예요. 그러니, 우둔한 병사들이여, 주위를 둘러보고 내가 오즈마를 찾는 것을 돕도록 해요."

그러나 한동안 그들은 녹색 장식품을 찾지 못했다. 그러다가 아홉 명의 아이들에게 다시 한 번 키스를 하느라고 이제서야 무슨 일이 벌어지고 있는지 관심을 갖게 된 왕비가 암탉에게 말했다.

"어쩌면, 친절한 벗이여, 네가 찾는 사람이 메뚜기일지도 모르겠구나."

빌리나는 기뻐서 소리쳤다.

"틀림없이 메뚜기일 거예요! 기다려요. 제가 도로 가서 데려올 테니."

빌리나는 메뚜기를 보았던 방으로 돌아갔다. 그리고 오즈마를 예전의 사랑스럽고 우아한 모습으로 되돌린 후, 이브 왕비에게 데리고 왔다. 빌리나는 고귀한 출생의 공주에게 걸맞는 소개를 했다.

"그런데 허수아비와 양철 나무꾼은 어디에 있지?"

정중한 인사를 나눈 후 오즈마가 걱정스럽게 물었다.

빌리나가 대답했다.

"제가 그들을 찾아내죠. 허수아비는 단단한 금으로 변했고 틱톡도 역시 금으로 변했거든요. 그런데 양철 나무꾼은 정확하게 모르겠어요. 놈 왕의 말에 의하면 뭔가 우스운 모양으로 변한 것 같은데."

오즈마는 암탉의 탐색 작업을 열심히 도와주었다. 그래서 번쩍거리는 금으로 변해 있던 허수아비와 틱톡은 곧 발견되었고 그들은 예전의 친근한 모습으로 되돌아왔다. 하지만 아무리 열심히 찾아도 양철 나무꾼이 변한 듯한 우습게 생긴 장식품은 어디에도 보이지 않았다.

마침내 오즈마는 선언했다.

"일을 끝낼 수 있는 유일한 길은 놈 왕에게 가서 우리 친구를 무엇으로 만들었는지 실토하도록 만드는 거야."

빌리나는 고개를 흔들었다.

"아마 놈 왕은 말하지 않을 거예요."

오즈마는 엄하게 말했다.

"놈 왕은 말을 해야만 해. 그는 우리에게 정직하지 않았어. 정당하고 선량한 듯한 가면을 쓰고 우리 모두를 함정에 몰아 넣었으니까 말이야. 우리의 지혜롭고 똑똑한 친구, 노란 암탉이 우리를 구할 방법을 찾지 않았다면 아마 우리는 영원히 마법에 걸려 있었을 거야."

"놈 왕은 악당이야."

허수아비가 큰소리로 말했다.

"놈 왕의 웃는 얼굴은 다른 사람의 찌푸린 얼굴보다도 더 나빠요."

몸서리를 치면서 졸병이 말했다.

"그럼 우리 모두 놈 왕에게 돌아가서 그가 무슨 변명을 하는지 지켜보자고요."

그렇게 해서 그들은 궁전 문을 향해 출발했다. 오즈마가 앞장을 서고 여왕이 아홉 명의 공주와 왕자들을 데리고 뒤를 따랐다. 그 다음엔 틱톡과 밀짚 어깨 위에 빌리나를 앉힌 허수아비가 걸어갔다. 스물여섯 명의 장교들과 한 명의 졸병이 그 뒤를 따랐다.

그들이 복도 문 앞에 도착하자 문은 저절로 스르르 열렸다. 하지만 다음 순간 그들은 모두 그 자리에 멈추어서서 당황스러운 얼굴로 둥근 지붕이 있는 동굴 안을 빤히 바라보았다. 놀랍게도 그 방 안에는 쇠갑옷을 입은 놈 왕의 병사들이 몇 겹으로 질서 있게 정렬해 있었던 것이다. 그들의 이마 위에는 전깃불이 반짝거렸고 전투용 도끼는 금방이라도 적을 내려칠 자세였다. 하지만 그들은 동상처럼 꼼짝도 하지 않고 서서 명령이 떨어지기만을 기다리고 있었다.

그리고 이 무시무시한 군대의 한가운데에는 놈 왕이 바위 왕좌 위에 높이 앉아 있었다. 놈 왕의 얼굴에는 미소도, 환한 웃음도 보이지 않았다. 대신 그의 얼굴은 분노로 일그러졌고 무척 험상궂게 변해 있었다.

17
허수아비의 승리

빌리나가

궁전으로 들어간 후
도로시와 이브링은 의자
에 앉아서 암탉이 성공할 것
인지 실패할 것인지 그 결과를
기다렸다. 그리고 놈 왕은 왕좌
에 떡 버티고 앉아서 한동안 만족스
럽고 즐거운 기분으로 긴 담뱃대를 빨
아댔다.

　그러다가 마법이 깨어졌을 때면 언제나 울리는 종소리가
옥좌 위에서 들려오자, 놈 왕은 짜증을 내면서 큰소리로 말
했다.

"로케티 릭케츠!"

또다시 두번째 종소리가 울리자 놈 왕은 화가 나서 소리쳤다.

"망할 것들!"

세번째로 종소리가 울리자, 놈 왕은 미친 듯이 화를 내면서 울부짖었다.

"히피카롤릭!"

놈 왕은 알아들을 수는 없지만 심한 욕설이 분명한 말을 계속해서 떠들어댔다.

시간이 가면서 벨은 계속 울렸다. 이제 너무나 화가 난 놈 왕은 한 마디도 하지 않았다. 그는 왕좌에서 뛰어 내려와서 미친 사람처럼 방 안을 뛰어다녔고 도로시는 놈 왕의 모습이 마치 실로 조종하는 꼭두각시 인형 같다고 느꼈다.

도로시는 종이 울릴 때마다 기뻐서 견딜 수가 없었다. 종소리는 빌리나가 마법을 하나씩 풀고 있다는 표시였다. 한편으로 도로시는 빌리나의 성공에 놀라지 않을 수 없었다. 도로시는 어떻게 노란 암탉이 궁전의 그 많은 방들에 흩어져 있는 수많은 장식품들 중에서 마법에 걸려 있는 사람들을 정확하게 골라내는 것인지 알 수가 없었다. 하지만 열을 헤아리고 난 후에도 계속해서 종소리가 울리자, 도로시는 이브 왕족뿐만 아니라 오즈마와 다른 사람들까지도 본래의 모습을 되찾고 있다는 것을 알게 되었다. 도로시는 너무나 기뻤다. 놈 왕이 화를 내며 당황해할수록 도로시는 더욱더 즐거울 뿐이었다.

어쩌면 그 작은 군주는 더 이상 화를 내지 않을 수도 있었다. 하지만 여자아이가 즐겁게 웃는 모습을 보자, 놈 왕은 분통을 터뜨리면서 성난 맹수처럼 도로시에게 고함을 질러댔다. 그러다가 놈 왕은 문득 그의 모든 마법이 깨지고 그의 희생자들이 모두 풀려나게 될지도 모른다는 사실을 깨달았다. 놈 왕은 갑자기 발코니가 있는 작은 문으로 달려나가서 병사들을 소집하는 호루라기를 날카롭게 불었다.

즉시 병사들이 금과 은으로 만든 문에서 엄청나게 쏟아져 나왔다. 병사들은 엄숙한 얼굴을 하고 있는 대장의 지휘를 받으며 씩씩하게 계단을 올라와서 왕좌가 있는 방으로 들어왔다. 그런 다음 그들은 열을 맞추어서 정렬을 했고 정렬이 끝나자, 다음 명령을 기다리면서 꼼짝도 하지 않았다.

병사들이 방 안에 가득 찼기 때문에 도로시는 동굴의 한쪽 벽으로 밀려났다. 도로시는 어린 왕자 이브링의 손을 잡고 거대한 사자와 호랑이 사이에 서 있었다.

"저 여자애를 붙잡아라!"

놈 왕이 대장에게 소리치자, 한 무리의 병사들이 명령을 받고 앞으로 달려나왔다. 그러나 사자와 호랑이가 입을 벌려서 날카로운 이빨을 드러내고 사납게 으르렁거렸으므로 병사들은 두려움에 떨며 뒤로 물러났다.

놈 왕이 고래고래 소리를 질렀다.

"그놈들은 신경 쓰지 않아도 된다. 그놈들은 지금 서 있는 곳에서 달아날 수 없어."

"하지만 여자아이를 건드리려는 사람은 물어뜯을 수가 있
습니다."

대장이 말했다. 놈 왕은 고개를 흔들었다.

"내가 그놈들을 잡아 주지. 다시 마법을 걸어서 입을 벌
릴 수 없도록 말이야."

놈 왕은 마법을 쓰기 위해서 왕좌에서 내려왔다. 바로 그
때 목마가 왕의 뒤에서 달려나와 나무로 만들어진 뒷다리
로 뚱뚱한 군주에게 강한 뒷발차기를 날렸다.

"이크! 사람 살려! 반역자다!"

놈 왕은 욕을 퍼부었다. 그는 상당한 타박상을 입었다.

"누가 그랬느냐? 누가?"

"내가 그랬다. 도로시를 가만 두어라. 그렇지 않으면 다
시 너를 걷어차겠다."

목마가 심술궂게 소리쳤다.

"두고 보자."

왕은 대꾸를 하고 곧장 손을 목마를 향해 흔들면서 마법
의 주문을 중얼거리기 시작했다.

"얍! 어디 움직여 봐라, 이 나무 노새야."

그러나 마법을 걸었음에도 불구하고 목마는 움직였다. 목
마가 너무나 빠르게 달려왔으므로 뚱뚱하고 작달막한 놈
왕은 미처 목마를 피할 수가 없었다.

뻥! 목마의 발이 정확하게 놈 왕의 둥근 몸에 적중했다.

놈 왕은 허공으로 붕 떴다가 대장의 머리 위로 떨어지면서 대장을 납작하게 바닥에 나가떨어지게 만들었다.

"오, 이런, 왜 내 마술 허리띠가 듣질 않는 거지, 왜?"

놈 왕이 몸을 일으키면서 놀란 얼굴로 소리쳤다.

"저 놈은 나무로 만들어져 있습니다. 아시다시피 폐하의 마법은 나무에는 통하지를 않습니다."

대장이 보고했다.

"아, 내가 그걸 깜빡했구나. 괜찮다, 여자애는 그냥 내버려두어라. 어쨌든 도망을 칠 수는 없으니까."

놈 왕은 절뚝거리면서 왕좌로 돌아갔다. 뜻하지 않은 사건에 다소 당황했던 병사들은 다시 열을 맞추었다. 목마는 껑충껑충 방을 가로질러서 도로시가 있는 곳으로 다가왔다. 그리고 배고픈 호랑이 옆에 자리를 잡았다.

그 순간 궁전으로 들어가는 문이 활짝 열리면서 이브 왕족들과 오즈의 친구들이 나타났다. 그들은 병사들과 병사들 가운데에 앉아 있는 분노한 놈 왕의 모습을 보고 당황해서 그 자리에 우뚝 섰다.

"항복하라! 너희들은 나의 죄수들이다!"

놈 왕이 외쳤다.

허수아비의 어깨 위에서 빌리나가 대꾸했다.

"당신은 내가 올바르게 선택을 하면 나의 친구들과 내가 안전하게 떠날 수 있게 하겠다고 약속을 했어요. 그리고 당신은 항상 약속들을 지켰다면서요."

"나는 안전하게 궁전을 떠날 수 있다고 말했다. 그래서 너는 안전하게 궁전을 빠져나왔다. 하지만 나의 왕국을 떠날 수는 없어. 너희들은 나의 죄수들이다. 그러니 나는 너희들을 화산이 불을 뿜고 사방에서 용암이 흘러내리며 공기는 시퍼런 불처럼 뜨거운 지하 감옥에 집어던질 것이다."

"그렇게 되면 나는 끝장날 거야! 시퍼렇든 빨갛든 작은 불꽃 하나만으로도 나는 잿더미로 변해버릴 테니까."

허수아비가 비통하게 말했다.

"항복하겠느냐?"

놈 왕이 물었다. 이때 빌리나가 허수아비의 귀에 무어라고 속삭이자 허수아비의 얼굴에 미소가 떠올랐다. 허수아비는 양쪽 주머니에 두 손을 넣었다.

"싫다!"

오즈마가 용감하게 놈 왕을 향해 대답했다. 그런 다음 오즈마는 자신의 병사들에게 명령했다.

"진격하라, 나의 용감한 병사들이여. 너희들의 왕과 너희 자신을 위해서 싸워라, 목숨이 다할 때까지!"

장군들 중의 한 명이 기어들어가는 목소리로 말했다.

"용서하십시오, 위대한 주인 오즈마님. 저와 다른 장교들은 모두 심장병을 앓고 있어서 아주 조금만 흥분해도 죽게 될지 모릅니다. 우리가 싸움에 나선다면 흥분을 하게 될 것입니다. 그런 위험은 피하는 것이 좋지 않을까요?"

"병사들은 심장병을 앓아서는 안된다."

오즈마가 말했다.

"분명히 졸병은 심장병으로 고통받고 있지 않을 것입니다. 분부만 하신다면 우리 장교들이 졸병에게 저쪽에 있는 적들을 공격하라고 명령을 내릴 것입니다."

또 다른 장교가 콧수염을 비비꼬면서 말했다.

"그렇게 하라."

오즈마는 동의했다.

그러자 모든 장군들은 목소리를 맞추어서 호령했다.

"앞으로 진격!"

다시 대령들이 소리쳤다.

"앞으로 진격!"

또다시 소령들이 외쳤다.

"앞으로 진격!"

마지막으로 대위들이 명령을 내렸다.

"앞으로 진격!"

그러자 졸병은 창을 앞으로 겨누고 용감하게 적을 향해 돌진했다.

이 갑작스러운 습격에 너무나 놀란 놈 나라의 대장은 그만 자신의 부하들에게 전투 명령을 내리는 것을 잊어버렸다. 그래서 앞줄에 서 있던 열 명의 병사들은 졸병의 창을 맞고서 마치 장난감 병정처럼 우르르 쓰러져버렸다. 그러나 창이 쇠로 만든 갑옷을 꿰뚫지는 못했으므로 병사들은 다시 일어섰다. 그리고 그때쯤에 졸병은 이미 또 다른 줄을 공격하고 있었다.

다음 순간 대장이 전투용 도끼를 강하게 내리쳤다. 졸병의 창이 부러져 나갔고 이제 졸병은 더 이상 싸울 수가 없게 되었다.

무슨 일이 벌어지고 있는지 보기 위해서 놈 왕은 왕좌에서 내려와서 자신의 병사들을 밀치면서 앞으로 나아갔다. 하지만 그는 졸병의 용감한 행동에 힘을 얻은 오즈마와 허수아비를 마주 대하게 되었다. 그 순간 허수아비는 오른쪽 주머니에서 빌리나의 달걀 하나를 꺼내서 놈 왕의 머리에 정통으로 던졌다.

달걀은 정확하게 놈 왕의 왼쪽 눈을 맞추었고 산산이 깨어지면서 놈 왕의 얼굴과 머리 그리고 턱수염을 덮고 끈끈하게 흘러내렸다.

"사람 살려, 사람 살려!"

비명을 지르면서 놈 왕은 손가락을 세워서 필사적으로 달걀 껍질을 떨어내려고 했다.

"달걀이다! 달걀이야! 살고 싶으면 도망쳐라!"

놈 왕의 대장이 공포에 질린 목소리로 소리쳤다.

놈 병사들이 도망치는 모습이란! 그들은 치명적인 독이 되는 달걀로부터 황급히 달아나기 위해 서로 뒤엉키며 난리를 쳤다. 미처 계단으로 나갈 수 없었던 병사들은 발코니에서 밑에 있는 거대한 동굴로 몸을 던져서 아래에 있는 사람들과 충돌했다.

그 동안에도 놈 왕은 계속 살려 달라고 고함을 쳤지만 그의 부하들은 한 사람도 남지 않고 도망을 쳐버렸다. 그리고 놈 왕이 왼쪽 눈에 흘러내리는 달걀을 완전히 떼어내기 전에 허수아비는 다시 두번째의 달걀을 놈 왕의 오른쪽 눈에 던졌고 달걀이 깨어지면서 놈 왕은 완전히 장님이 되어 버렸다. 앞을 볼 수 없게 되었으므로 놈 왕은 달아날 수가 없었다. 그러자 놈 왕은 그 자리에 멈추어 서서 악을 쓰다가 고래고래 소리를 지르다가 비참하게 울기 시작했다.

놈 왕이 그러고 있을 때 빌리나는 도로시에게 날아갔다. 빌리나는 사자의 등 위에 앉자마자 도로시의 귀에 재빨리 속삭였다.

"놈 왕의 허리띠를 가져와! 놈 왕의 보석 박힌 허리띠를 가져오라고! 빨리, 도로시, 빨리!"

18
양철 나무꾼의 최후

도로시는

빌리나가 시키는
대로 했다. 도로시는 아직도
계란을 떼어내려고 애쓰는
놈 왕의 뒤로 곧장 달려가서
눈 깜짝할 사이에 보석이 박힌
화려한 허리띠를 끌러냈다.
그리고 허리띠를 갖고서 다시 자신이 원래 있던 자리인 호
랑이와 사자 옆으로 되돌아왔다. 하지만 그 허리띠로 달리
무엇을 해야 할지 알 수가 없었으므로 도로시는 자신의 가
는 허리에 허리띠를 꼭 매었다.

   바로 그때 우두머리 집사가 스폰지와 물그릇을 갖고 뛰어
들어와서 놈 왕의 얼굴에서 깨어진 달걀을 닦아내기 시작

했다. 잠시 도로시 일행이 서서 지켜보는 동안 놈 왕은 다시 두 눈을 뜨게 됐고 그러자마자 제일 먼저 놈 왕은 허수아비를 노려보면서 외쳤다.

"가만 두지 않겠다, 이 밀짚 인형아! 달걀이 놈 나라 사람들에게 독이라는 걸 몰랐단 말이냐?"

허수아비는 태연하게 대꾸했다.

"정말로 달걀이 당신과는 맞지 않는 것 같군요. 왜 그런지 이유는 모르겠지만."

"네놈들 모두를 전갈로 바꾸어 버릴 테다!"

놈 왕은 화가 나서 날카롭게 소리를 지르며 팔을 흔들고 마법의 주문을 외우기 시작했다. 그러나 거기에 있는 사람들 누구도 전갈로 변하지 않자 놈 왕은 동작을 멈추고 놀란 눈으로 그들을 쳐다보았다.

"뭐가 잘못된 거야?"

놈 왕이 어리둥절한 얼굴로 물었다.

"맙소사, 폐하의 마술 허리띠가 없어졌습니다!"

왕을 유심히 살핀 우두머리 집사가 소리쳤다.

"어디에 두셨습니까? 그걸 어떻게 하셨어요?"

놈 왕은 허리에 손을 가져갔다. 그리고 바위 색깔인 그의 얼굴은 분필처럼 하얗게 질렸다. 놈 왕은 절망적으로 비명을 질렀다.

"없어졌어, 그게 없어졌어. 나는 망했다!"

그때 도로시가 앞으로 걸어나오며 말했다.

"고귀한 오즈마, 그리고 이브 왕비님이시여, 당신들과 다른 분들이 생명의 나라로 되돌아오신 것을 환영합니다. 빌리나는 여러분을 곤경에서 구해냈습니다. 그러니 이제 우리는 이 끔찍한 장소를 떠나서 되도록 빨리 이브의 나라로 되돌아갈 것입니다."

도로시가 말을 하는 동안 사람들은 도로시가 허리에 매고 있는 마술 허리띠를 보았다. 허수아비와 졸병이 환호성을 질렀다. 그리고 모두들 커다란 기쁨에 휩싸였다.

그러나 놈 왕은 그들과 함께 기뻐하지 않았다. 놈 왕은 마치 채찍으로 얻어맞은 개처럼 옥좌 위로 다시 기어올라갔다. 그리고 비참하게 옥좌에 몸을 눕히고 자신의 패배를 슬퍼했다.

"하지만 아직 우리의 소중한 친구, 양철 나무꾼을 찾지 못했어. 양철 나무꾼 없이는 떠나고 싶지 않아."

오즈마가 도로시에게 걱정스럽게 말했다.

"저도 그래요. 양철 나무꾼이 궁전에 없었나요?"

도로시가 급히 물었다.

"양철 나무꾼은 분명히 궁전에 있을 거야. 하지만 양철 나무꾼이라고 추측할 만한 실마리가 없었어. 그래서 선택을 할 수가 없었던 거야."

암탉 빌리나가 설명했다.

"우리가 다시 그 방으로 되돌아가자. 이 마술 허리띠가 틀림없이 양철 나무꾼을 찾는 데 도움이 될 거야."

그렇게 말하고 도로시는 열려 있는 문을 통해서 궁전으로 들어갔다. 놈 왕과 이브 왕비, 그리고 이브링 왕자만 제외하고 모든 사람들이 도로시의 뒤를 따라왔다. 왕비는 어린 왕자를 꼭 끌어안고 사랑스럽게 어루만지면서 입을 맞추고 있었다. 이브링은 왕비의 막내아이였던 것이다.

그러나 다른 사람들은 모두 도로시와 함께 갔다. 도로시는 첫번째 방에 들어가자 가운데에 서서 놈 왕이 했던 것처럼 손을 흔들었다. 그리고 양철 나무꾼이 지금 어떤 모습으로 변해 있든지간에 다시 원래의 모습으로 되돌아올 것을 명령했다. 아무 일도 일어나지 않았다. 도로시는 다른 방으로 가서 똑같은 행동과 명령을 반복했고 그런 식으로 궁전의 모든 방들을 돌아다녔다. 그러나 양철 나무꾼은 나타나지 않았고 그들은 수천 가지의 장식품들 중에서 어느 것이 친구가 변한 모습인지를 가려낼 수가 없었다.

그들은 무거운 마음으로 옥좌가 있는 방으로 되돌아왔다. 그 방에서 그들이 실패하는 것을 지켜보고 있던 놈 왕이 낄낄거리면서 도로시에게 말했다.

"너는 내 마술 허리띠를 사용하는 방법을 모르니 마술 허리띠가 너에겐 아무 소용이 없다. 나에게 허리띠를 되돌려주면 너희들을 자유롭게 풀어주마. 너와 함께 온 사람들 모두를 말이다. 그렇지만 이브 왕족들은 나의 노예이니 여기 남아 있어야 한다."

"허리띠는 돌려주지 않을 거예요."

도로시가 말했다.

"하지만 어떻게 여기를 빠져나갈 거지, 나의 허락 없이 말이야?"

"아주 간단해요. 우리는 단지 우리가 들어왔던 저 길로 나가기만 하면 돼요."

"오호, 그렇게만 하면 된다고? 그래?"

놈 왕이 코웃음을 쳤다.

"이런, 너희들이 이 방으로 들어왔던 그 출입문이 어디에 있는데?"

도로시 일행은 두리번거렸다. 그러나 문이 이미 오래전에 닫혀 버렸고 어디가 출입문인지 찾을 수가 없었다. 도로시는 결코 실망하지 않았다. 단단한 동굴벽을 향해서 손을 흔들면서 주문을 외웠다.

"문이여, 열려라!"

주문이 즉석에서 효력을 나타냈다. 문이 열리면서 그들 앞에 반듯한 길이 나타난 것이다. 놈 왕은 기절할 듯이 놀랐고 도로시 일행은 뛸 듯이 기뻐했다.

"글쎄, 그런데 말이야, 마술 허리띠가 네 명령에 복종하는데 어째서 우리가 양철 나무꾼을 찾을 수가 없는 걸까?"

오즈마가 이해할 수 없다는 듯이 물었다.

"저도 도무지 모르겠어요."

도로시가 대답했다.

"여기 좀 봐라, 얘야. 나에게 그 허리띠를 주면 내가 양철 나무꾼이 어떤 모습으로 변했는지 알려 주마. 그러면 쉽게 그를 찾을 수 있을 게다."

놈 왕이 달래듯이 도로시에게 제안을 했다.

도로시가 어떻게 할지 망설이자 빌리나가 날카롭게 소리를 질렀다.

"그래선 안돼! 놈 왕이 마술 허리띠를 다시 손에 넣으면 우리를 모두 노예로 만들 거야. 우린 놈 왕의 지배를 받게 될 거라고. 도로시, 허리띠를 꼭 지키고 있어야만 여기를 안전하게 빠져나갈 수가 있어."

허수아비도 고개를 흔들었다.

"나도 빌리나의 말이 옳다고 생각해. 그런데 나에게 다른 좋은 방법이 떠올랐어. 내 뛰어난 머리가 이런 생각을 하는 것은 너무 당연한 일이지. 놈 왕이 궁전으로 들어가서 우리 친구 양철 나무꾼이 변해서 만들어진 장식품을 우리에게 갖고 오지 않으면 도로시가 놈 왕을 거위 알로 바꾸어 버리는 거야."

"거위 알이라고! 어떻게 그런 끔찍한 짓을!"

무서움에 떨며 놈 왕이 소리쳤다.

"자, 가서 우리가 원하는 장식품을 가져오지 않으면 당신은 거위 알이 될 거예요!"

빌리나가 큰소리로 선언하면서 즐겁게 꼬꼬댁거렸다.

"당신이 직접 본 것처럼 도로시는 마술 허리띠를 제대로 사용할 줄 안단 말입니다."

허수아비가 한마디 더 덧붙였다.

놈 왕은 곰곰이 생각에 잠겼다. 하지만 무슨 일이 있어도 거위 알이 되고 싶지는 않았기 때문에 결국 동의하지 않을 수 없었다. 놈 왕은 양철 나무꾼이 변해서 만들어진 장식품을 가져오기 위해 궁전 안으로 들어갔다. 도로시 일행은 초조하게 놈 왕이 돌아오기만을 기다렸다. 한시라도 빨리 이 음침한 지하 궁전을 벗어나서 다시 밝은 태양을 보고 싶은 마음뿐이었던 것이다. 그러나 놈 왕은 몹시 당황하고 불안한 표정으로 그냥 되돌아왔다.

"없어졌다! 양철 나무꾼이 아무 데도 없어."

오즈마가 준엄하게 물었다.

"확실한가요?"

놈 왕이 떨리는 목소리로 대답했다.

"정말로 확실해. 나는 그가 어떤 장식품으로 변했는지 그리고 그가 어디에 있는지 정확히 알고 있거든. 그런데 그 장식품이 그 자리에 없는 거야. 제발 부탁이니 나를 거위 알로 바꾸지 말아 다오. 나는 최선을 다했단다."

모두들 한참 동안 아무 말도 하지 못했다. 마침내 도로시가 입을 열었다.

"더 이상 놈 왕에게 벌을 주는 건 쓸데없는 짓이에요. 하지만 우리 친구 양철 나무꾼과 같이 떠나지 못하게 될까봐 걱정이 돼요."

슬픈 얼굴로 허수아비가 동의했다.

"그 친구가 여기에 없다면 더 이상 구해낼 방법이 없지. 가엾은 양철 나무꾼! 도대체 어떻게 된 걸까?"

"그분은 저에게 6주일치 봉급을 주지 않았는데!"

장군 한 명이 울먹이면서 황금색 줄이 둘러진 소매를 들어서 눈물을 닦았다.

너무나 가슴 아픈 일이기는 했지만 도로시 일행은 오랜 친구를 지하 세계에 남겨둔 채, 다시 땅 위의 세상으로 돌아가기로 결정을 내렸다.

제일 먼저 군대가 지하 궁전의 문을 나가고 그 다음에는 이브 왕족이, 그리고 그 뒤로 도로시, 오즈마, 빌리나, 허수아비와 틱톡이 따라갔다.

그들이 나가는 동안 놈 왕은 옥좌에 앉아서 욕설을 퍼붓고 있었다. 우연히 오즈마 공주가 뒤를 힐끗 돌아볼 때까지, 도로시 일행은 다가오는 위험을 전혀 눈치채지 못했다.
그런데 바로 뒤에서는 엄청난 수의 놈 나라 병사들이 당장
이라도 내리칠 기세로 검과 창과 도끼를 치켜든 채, 바싹
추적해오고 있었던 것이다.

놈 왕이 오즈마 일행의 탈출을 막기 위해서 마지막 시도
를 꾀하는 것이 분명했다. 하지만 놈 왕의 시도는 아무런
소용이 없었다. 자신들이 처한 상황을 알아차리자마자, 도
로시는 당장 그 자리에 멈추어 서더니 손을 흔들면서 마술
허리띠의 주문을 외웠다.

순식간에 선두에 섰던 병사들이 달걀로 변해서 동굴 바닥
을 굴러다녔다. 그리고 그 수가 너무 많았기 때문에 뒤에
오던 병사들은 달걀을 밟지 않고는 한 발자국도 앞으로 나

아갈 수가 없게 되었다. 놈 왕의 병사들은 달걀을 보는 순간, 필사적으로 피하려고 애를 쓰면서 당장 방향을 돌렸다. 그리고 미친 듯이 동굴 안으로 도망쳐 들어갔다. 병사들은 다시 진격하라는 놈 왕의 명령에 복종하지 않았다.

도로시 일행은 더 이상 별다른 어려움을 겪지 않고 놈 나라를 벗어날 수 있었다. 눈앞에 이브 나라로 향하는 길이 나타나자, 도로시 일행은 놈 왕과 그 무시무시한 궁전을 다시 보지 않아도 된다는 생각에 기뻐했다.

사자 등에 올라탄 오즈마와 호랑이 등에 걸터앉은 이브 왕비가 행렬을 이끌었다. 왕비의 아이들은 손에 손을 잡고 어머니의 뒤를 따랐다. 도로시는 목마를 탔고 허수아비는 걸으면서 양철 나무꾼을 대신해서 군대를 지휘했다.

앞으로 나아갈수록 길은 점점 밝고 환해졌다. 오래지 않아서 일행은 쿵쿵쿵 하고 거인이 망치로 땅을 두드리는 소리를 들었다.

"무슨 수로 저 괴물한테서 벗어나죠?"

이브의 왕비가 걱정하면서 물었다. 그러나 도로시가 마술 허리띠에게 주문을 외우자, 그 문제는 간단하게 해결되었다. 순식간에 거인은 동작을 멈추었다. 거인이 허공으로 망치를 치켜든 채, 꼼짝도 하지 않는 동안 일행은 안전하게 거인의 두 다리 사이를 빠져나올 수 있었다.

19
이브의 왕

무슨 이유 때문
인지 산비탈에 달라붙어
있던 바위 색깔의 놈 나라 사
람들은 이제 아무 소리도 내지
않고 얌전해졌다. 그들은 이전과
같은 무례한 웃음소리로 도로시 일
행을 괴롭히지 않았다. 사실 그들의
왕이 보기 좋게 패배한 이후였기 때문
에 웃을 이유가 없었다.

　도로시 일행은 반대편 길 위에서 그들이 두고 떠났던 오
즈마의 황금 전차를 발견했다. 곧 사자와 호랑이가 아름다

운 전차에 매어졌다. 전차는 오즈마 공주와 이브 왕비 그리고 여섯 명의 아이들이 더 탈 수 있을 만큼 넓었다.

막내 왕자 이브링은 아까부터 도로시와 나란히 목마를 타고 있었다. 처음에 수줍어했던 마음이 점차 사라지자, 이브링 왕자는 자신을 구해준 도로시를 매우 좋아하게 되었다. 친해진 두 사람은 함께 목마를 타고 가면서 즐겁게 재잘거렸다. 빌리나도 목마의 머리 위에 앉아서 갔는데, 목마는 암탉 하나 정도의 무게쯤은 더 얹혀져도 전혀 상관이 없는 것 같았다. 어린 왕자는 암탉이 말을 할 수 있을 뿐만 아니라, 암탉이 하는 말들이 너무나 똑똑한 데에 무척 놀랐다.

머지않아 깊은 절벽이 나타났지만, 일행은 오즈마가 갖고 있는 마법 양탄자로 무사히 건널 수 있었다. 이제 그들은 새들이 노래하는 숲 속의 길을 따라 걷기 시작했다. 이브 나라의 농가 쪽으로부터 향긋한 꽃내음과 갓 베어낸 건초 냄새가 가득 실린 산들바람이 불어왔다. 일행의 머리 위로 쏟아지는 맑은 햇살이 놈 왕의 지하 왕국에서 차갑고 축축해진 그들의 몸을 따스하게 비춰 주었다.

"양철 나무꾼과 함께 돌아왔다면 더 바랄 게 없었을 텐데. 친구를 두고 떠나 온 것이 가슴이 아파."

허수아비가 틱톡에게 말했다.

충분히 짐작했던 일이지만, 이브 왕비와 아이들은 다시 자신의 나라로 돌아온 것을 너무나 기뻐했다. 이브 궁전의 높은 탑이 눈에 보이자, 그들은 참지 못하고 환호성을 질렀다. 도로시의 앞에 타고 있던 어린 이브링은 너무 기쁜 나머지 주머니에서 이상하게 생긴 양철 호루라기를 꺼내서 목마가 깜짝 놀라서 껑충 뛸 정도로 날카롭게 불어댔다.

"그게 뭐야?"

겁을 먹은 목마의 머리에서 떨어지지 않으려고 날개를 퍼덕거리면서 빌리나가 물었다.

"내 호루라기야."

이브링은 대답과 함께 호루라기를 내밀어 보였다.

그것은 양철로 만들어진 작고 통통한 녹색 돼지였다. 돼지의 꼬리에는 호루라기가 달려 있었다.

"어디서 이걸 얻었니?"

노란 암탉은 날카로운 눈으로 그 장난감을 자세히 들여다보았다.

"놈 왕의 궁전에서 주웠어. 도로시가 장식품을 고르고 있는 동안, 내가 주머니에 몰래 집어넣었지."

어린 왕자가 대답했다. 빌리나가 갑자기 웃음을 터뜨렸다. 아니, 웃는 것처럼 들리는 아주 특별한 소리로 꼬꼬댁거렸다. 빌리나는 신이 나서 떠들었다.

"내가 양철 나무꾼을 찾을 수 없었던 것

도 당연해. 마술 허리띠가 효력을 발휘하지 못하고 놈 왕이 양철 나무꾼을 찾을 수 없었던 것도 이제 이해가 가는군!"

"그게 무슨 말이야?"

어리둥절해진 도로시가 물었다.

"아무렴, 저 왕자가 양철 나무꾼을 자기 주머니에 갖고 있었단 말이야."

빌리나가 다시 꼬꼬댁거리면서 대답했다.

"아니야! 나는 단지 호루라기만 가졌어."

어린 왕자가 항의했다.

"그래, 그럼 그걸 나에게 보여줘."

암탉이 대꾸했다. 암탉은 발톱을 들어서 호루라기를 건드리면서 말했다.

"이브."

휙! 양철 나무꾼이 깔때기 모양의 모자를 벗고 도로시와 왕자에게 인사를 했다.

"안녕, 여러분! 양철로 만들어진 이후 처음으로 잠을 잔 것 같아. 놈 왕국을 떠난 기억이 나지 않거든."

도로시가 기뻐하며 친구를 두 팔로 꼭 끌어안았다.

"그 동안 너는 마법에 걸려 있었어. 하지만 이젠 모든 게 괜찮아."

"내 호루라기를 돌려줘!"

어린 왕자가 울음을 터뜨렸다.

"쉬! 호루라기는 없어졌지만 집에 돌아가면 다른 걸 얻게 될 거야."

빌리나가 왕자를 달랬다.

허수아비는 양철 나무꾼을 다시 보게 된 것이 너무나 놀랍고 기뻐서 친구의 품안으로 뛰어들었다. 틱톡은 손가락이 서로 맞물릴 정도로 양철 나무꾼의 손을 꽉 쥐었다. 그리고 나서 양철 나무꾼을 환영하려고 달려온 오즈마 공주에게 길을 비켜 주었다. 군인들도 양철 나무꾼을 보고 일제히 환호성을 질렀다. 모든 사람들이 너무나 기쁘고 행복해서 어쩔 줄 몰랐다.

잠시 후 행렬이 궁전 앞에 도착했다. 그곳에는 그들의 왕비와 열 명의 왕자와 공주를 환영하기 위해서 백성들이 구름떼처럼 모여 있었다. 그들은 기쁨의 고함과 환호성을 지르면서 오즈마 공주 일행이 나아가는 길에 꽃을 뿌렸다.

일행은 거울로 장식된 방에서 랭귀데어 공주를 찾아냈다. 공주는 자기가 갖고 있는 수집품들 중에서 가장 아름다운 머리 중의 하나인 풍성한 밤색 머리카락에 꿈꾸는 듯한 호두색 눈동자 그리고 오똑한 코가 달린 머리를 홀린 듯 바라보고 있었다. 랭귀데어 공주는 이브의 백성들을 돌봐야 하는 임무에서 벗어나게 된 것을 무척 기뻐했다. 이브 왕비는 랭귀데어 공주에게 지금 쓰고 있는 궁전의 방들과 머리 진열장을 그대로 사용해도 좋다고 허락했다.

그런 다음 왕비는 맏아들을 데리고 군중이 한눈에 내려다보이는 발코니로 나가서 백성들에게 선언했다.

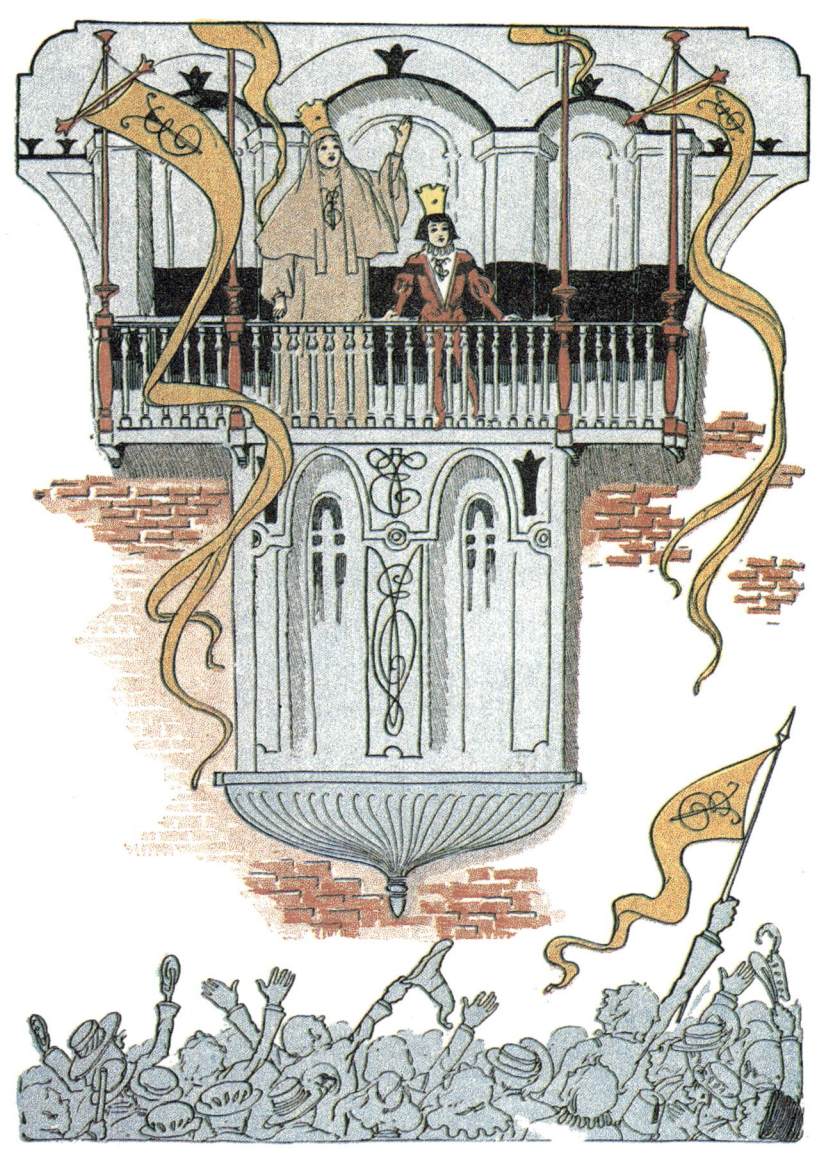

"여기에 여러분들의 새로운 지도자, 이바르도 15세 왕이 계십니다. 왕은 열다섯 살이며 열다섯 개의 훈장을 차고 있소. 이분이 이브 왕국을 통치할 열다섯번째 이바르도 왕이시오."

백성들은 기뻐하며 열다섯 번 환호성을 질렀다. 심지어 그 중에는 바퀴 인간들도 보였는데 그들도 큰 소리로 새로운 왕에게 충성을 맹세했다.

그러자 왕비는 루비로 장식한 커다란 황금 왕관을 이바르도의 머리에 씌우고 왕이 입는 흰 담비 망토를 어깨에 걸쳐 준 후 그가 왕이 되었음을 선포했다. 왕자는 모든 사람들에게 정중하게 감사의 인사를 했다.

오즈마와 오즈에서 온 사람들, 그리고 도로시와 틱톡, 빌리나는 그들 덕분에 다시 행복을 찾게 된 왕비로부터 훌륭한 대접을 받았다. 특히 그날 밤 노란 암탉은 모든 사람들 앞에서 새로운 왕으로부터 경의의 표시로 진주와 사파이어로 만든 아름다운 목걸이를 받았다.

20
에메랄드 시

오즈마 공주의
초대를 받은 도로시는
공주와 함께 에메랄드 시로
가기로 했다. 이브의 나라에 머물러
있기보다는 오즈의 나라에 간다면,
고향으로 돌아가기가 더 쉬울 것 같았다.
게다가 놀라운 모험을 경험하게 해 주었던
나라를 다시 한번 보고 싶었다. 지금쯤 배를
타고 있던 헨리 아저씨는 오스트레일리아에
도착해서 아마도 도로시를 완전히 잃어버렸다고
체념하고 있을 것이다.
　오즈마 일행은 이브의 나라 사람들과 작별을 했다. 이브 왕은 오즈마 공주에게 영원히 은혜를 잊지 않을 것이며 그의 나라 안에 있는 것은 무엇이든 마음대로 써도 좋다고 약속했다.

인사를 나눈 일행은 위험스러운 사막을 향해서 전진했다. 오즈마 공주가 마법의 양탄자를 던지자, 즉시 그들의 발 아래에 일행 모두가 넉넉히 걸을 수 있을 만큼 넓은 양탄자가 펼쳐졌다.

틱톡은 자신이 도로시의 하인이며 도로시의 충실한 부하라고 주장하여, 결국 오즈마 공주 일행 틈에 끼어도 좋다는 허락을 받았다. 출발하기 전에 도로시는 틱톡의 태엽 장치를 끝까지 감아 주었고 구리 인간은 힘차게 그들과 함께 출발했다.

오즈마 공주는 암탉 빌리나도 오즈의 나라로 초대했다. 노란 암탉은 새로운 풍경과 구경거리들을 기대하면서 기꺼이 함께 나섰다.

그들은 아침 일찍 사막 횡단 여행을 시작했다. 빌리나가 하루 행사인 알 낳기를 하기 위해 잠깐 쉬었을 뿐, 단 한번도 걸음을 멈추지 않았기 때문에, 오즈마 일행은 해가 지기 전에 오즈의 아름다운 푸른 산비탈과 나무가 우거진 언덕이 보이는 곳에 이르렀다. 그리고 곧 뭉크킨의 영토로 들어갔다.

뭉크킨의 왕은 국경까지 나와서 매우 정중하게 오즈마 일행을 맞이했다. 뭉크킨의 왕은 오즈마 공주가 돌아온 것을 매우 기뻐했다. 왜냐하면 오즈마 공주는 뭉크킨, 윙키, 쿼들링, 그리고 길리킨의 왕이 자신들의 백성을 다스리듯이 이들 네 명의 왕을 지배하고 있기 때문이었다. 그리고 오즈마 공주 자신은 이 네 개의 왕국들 한가운데에 있는 에메랄드 시를 직접 다스리고 있었다.

뭉크킨 왕은 그날 밤 자신의 궁전에서 오즈마 일행을 대접했다. 아침이 되자 오즈마 일행은 보석이 박혀 있는 성문으로 곧장 이어지는 노란 벽돌길 위를 걸어서 에메랄드 시로 향했다. 가는 곳마다 사람들이 문 밖으로 나와서 존경하는 지도자 오즈마 공주를 열렬히 환영했다. 그리고 허수아비와 양철 나무꾼, 친절한 겁쟁이 사자의 이름을 즐겁게 소리쳐 불렀다. 처음 도로시가 오즈를 방문했을 때 친절하게 대해 주었던 몇몇 사람은 아직도 도로시를 잊지 않고 있었다. 그들은 어린 캔자스 소녀를 다시 보게 된 것을 무척 기뻐하면서 따스한 위로의 말과 함께 행운을 빌어 주었다.

한번은 잠시 식사를 하기 위해 모두가 걸음을 멈추었다. 오즈마 공주는 농장에서 일하는 예쁘장한 아가씨가 건네는 우유 그릇을 받아 들었다. 문득 오즈마 공주는 그 아가씨를 다시 한번 자세히 바라보더니 큰 소리로 외쳤다.

"어머, 진저로구나, 그렇지?"

"네, 폐하."

진저가 무릎을 살짝 굽혀서 절을 하며 대답했다. 도로시는 깜짝 놀란 눈으로 한때 소녀 부대를 소집해서 허수아비

를 에메랄드 도시의 왕좌에서 몰아내고 착한 마녀 글린다
의 군대와 싸움까지 벌였던 여자를 바라보았다.

"저는 아홉 마리의 소를 가진 남자와 결혼을 했답니다.
그래서 지금은 행복하고 만족스런 생활을 꾸려가면서 소를
키우는 일에 힘을 쏟고 있답니다."

오즈마가 물었다.

"남편은 어디에 있느냐?"

진저는 조용히 대답했다.

"남편은 집 안에서 멍든 눈을 치료하고 있지요. 그 어리
석은 남자는 내가 흰 소의 젖을 짜라고 했는데 붉은 소의
젖을 짜겠다고 고집을 부렸답니다. 하지만 다음번에는 더
잘하겠죠."

다시 일행은 길을 떠났다. 그들은 배를 타고 넓은 강을

건넌 후에 둥근 지붕과 예쁜 녹색이 칠해져 있는 많은 농가들 앞을 지나서 수많은 깃발과 장막이 덮여 있는 커다란 건물이 보이는 곳에 도착했다.

"저 건물은 처음 보는 것이군요. 무슨 건물이죠?"

도로시가 물었다.

"저건 왕실 체육 과학 대학이에요. 내가 최근에 지은 건물인데, 워글 벌레가 총장으로 있죠. 워글 벌레는 언제나 바빠요. 대학에 다니는 젊은이들을 향상시키느라고 말이죠. 도로시도 알겠지만, 이 나라에는 일하기 싫어하는 젊은이들이 꽤 많이 있거든요. 그런 젊은이들에게는 대학이 가장 지내기 좋은 곳이죠."

계속 길을 걸어서 마침내 그들은 사랑스러운 지도자를 환영하기 위해서 사람들이 겹겹이 늘어선 에메랄드 시에 이르렀다.

도시는 여러 악단과 많은 장교들과 공무원들, 그리고 축제 복장으로 한껏 멋을 부린 시민들로 붐비고 있었다.

아름다운 오즈마 공주는 화려한 행렬의 호위를 받으며 걸어갔다. 그리고 이쪽 저쪽으로 끊임없이 고개를 돌리며 열렬히 기뻐하는 환영 인파에게 답례를 보냈다.

그날 밤 왕궁에서는 오즈의 모든 중요 인사들과 약간 오래되기는 했지만 여전히 활동적인 호박머리 잭이 참석한 성대한 만찬이 열렸다. 호박머리 잭은 오즈마 공주가 이웃 나라의 왕족을 성공적으로 구해낸 것을 치하하는 축하의 글을 읽었다.

그런 다음 보석이 박힌 금메달이 스물여섯 명의 장교들 모두에게 수여되었다. 양철 나무꾼은 다이아몬드가 박혀 있는 새 전투용 도끼를 받았고 허수아비는 화장 분이 담긴 항아리를 받았다. 도로시는 머리에 쓰는 아름다운 관과 함께 오즈의 공주로 봉해졌고 틱톡은 반짝거리는 다이아몬드가 여덟 줄로 박힌 두 개의 팔찌를 받았다.

포상식이 끝나자 그들은 연회를 시작했다. 오즈마는 도로시를 오른쪽에 그리고 빌리나를 왼쪽에 앉혔다. 빌리나는 황금으로 만든 가지에 앉아서 보석이 박힌 접시에 담긴 음식을 먹었다. 허수아비와 틱톡, 그리고 양철 나무꾼은 음식을 먹을 필요가 없었기 때문에 그들 앞에는 아름다운 꽃들이 가득 담긴 바구니가 놓였다. 스물여섯 명의 장교들은 테이블 끝 쪽의 조금 낮은 자리에 앉았고 사자와 호랑이도 각자 한 자리를 차지했다. 그리고 엄청난 양의 음식을 담을 수 있는 커다란 황금 접시의 음식을 순식간에 먹어 치웠다.

에메랄드 도시의 부자들과 중요 인사들은 이 유명한 모험단을 자랑스럽게 지켜보았다. 그들은 쾌활한 어린 하녀 젤리아 잼의 시중을 받았다. 허수아비는 젤리아의 분홍색 뺨을 장난스럽게 꼬집기도 했다.

연회가 벌어지는 도중에 오즈마 공주는 무언가 점점 골똘히 생각하더니 갑자기 물었다.

"졸병은 어디에 있느냐?"

"아, 그는 막사를 청소하고 있습니다. 하지만 청소를 끝내면 빵 한 접시와 당밀을 먹을 수 있도록 명령해 두었습니다."

한 장군이 칠면조 다리를 바쁘게 뜯으면서 대답했다.

"그를 불러오라."

오즈마 공주가 명령을 내렸다.

졸병이 오기를 기다리는 동안 오즈마는 양철 나무꾼에게 물었다.

"우리 군대에 다른 졸병이 있나요?"

"네. 모두 세 명이 있는 것으로 알고 있습니다."

연회장으로 들어온 졸병은 상관들에게 깍듯이 경례를 하고 오즈마 공주에게 매우 공손하게 절을 했다.

"이름이 무엇인가, 나의 병사여?"

"옴비 앰비입니다."

졸병이 대답했다. 오즈마는 엄숙하게 말했다.

"옴비 앰비, 너를 나의 왕국의 총사령관으로 진급시키고 특별히 나의 경호 대장으로 임명하겠다. 이제부터 왕궁에서 지내도록 하라."

"하지만 공주님, 그렇게 많은 임무를 수행하려면 비용이 많이 듭니다. 저는 그에 맞는 제복을 살 돈도 없습니다."

졸병이 주저하면서 말했다.

"걱정하지 말아라. 왕실에서 너에게 충분한 봉급을 줄 것이다."

오즈마는 졸병을 안심시켰다. 다른 장교들도 진심으로 졸병을 환영했다. 총사령관이 된 졸병이 테이블에 앉자, 즐거운 연회가 다시 시작되었다.

그런데 갑자기 젤리아 잼이 놀라서 소리쳤다.

"음식이 하나도 남지 않았어요! 배고픈 호랑이가 몽땅 먹어치워 버렸어요!"

그러자 배고픈 호랑이가 애처롭게 외쳤다.

"정말 곤란한 건 그게 아니야. 어떤 수를 써도 내가 배를 채울 수가 없는 거라고!"

21
도로시의 마술 허리띠

도로시는

오즈마 공주의 손님으로
지내면서 수주일 동안 매우
즐겁게 보냈다. 오즈마 공주는
도로시를 더할 나위 없이 따스하고
친절하게 대해주었다.

도로시는 옛친구들을 다시 만났을 뿐만
아니라, 새로운 친구들도 많이 사귀었다.
마음씨 착한 도로시는 어디에서든 쉽게 친구를
얻을 수가 있었던 것이다.

그러던 어느 날, 오즈마 공주의 방에 앉아 있던
도로시는 벽에 걸린 그림이 계속해서 바뀌는 것을

보게 되었다. 한 번은 초원이 보이고 다음엔 숲이, 그 다음엔 호수와 마을이 나오는 식이었다.

"정말 신기해요!"

잠깐 동안 끊임없이 변하는 그림을 바라보고 있다가 도로시가 외쳤다. 오즈마 공주가 미소를 지으며 말했다.

"그래요, 이건 정말 놀라운 마법의 물건이죠. 세상 어디든 그리고 어떤 사람이든, 어떻게 살고 있는지를 보고 싶으면 단지 그걸 보여달라고 소원을 빌기만 하면 되는 거예요. 그러면 그림 안에 보고 싶은 모습이 비춰지거든요."

"한번 해 봐도 되나요?"

"당연하죠, 내 친구."

"나는 캔자스 농장과 엠 아줌마를 보고 싶어요."

도로시가 말했다. 그러자 즉시 캔자스 농장과 소박한 엠 아주머니의 모습이 생생하게 나타났다. 아주머니는 부엌에서 그릇을 닦고 있었는데 건강하고 만족스러워 보였다. 농장 일꾼들은 집 뒤에 있는 들판에서 탐스럽게 잘 익은 옥수수와 밀을 수확하고 있었다. 집 옆에 달려 있는 베란다에는 도로시의 애완견 토토가 햇빛을 쪼이며 졸고 있었고 놀랍게도 늙은 얼룩이 암탉은 꽁무니에 새로 깐 열두 마리의 병아리들을 거느리고 마당을 빙빙 돌고 있었다.

"모든 게 제가 집에 있을 때와 똑같아요. 그런데 헨리 아저씨는 어떻게 지내시는지 궁금하네요."

안도의 한숨을 쉬면서 도로시가 말했다. 그 말이 떨어지자마자, 그림 속의 풍경이 오스트레일리아의 수도인 시드니에 있는 어떤 쾌적한 방 안에 있는 헨리 아저씨의 모습으로 바뀌었다. 헨리 아저씨는 편안한 의자에 앉아서 묵묵히 나무 뿌리로 만든 담뱃대로 담배를 피우고 있었다. 아저씨는 슬프고 외로워 보였다. 머리는 눈에 띄게 희어졌고 두 손과 얼굴은 마르고 초췌했다.

도로시는 걱정스럽게 외쳤다.

"어머나! 헨리 아저씨의 건강이 좋아지지 않은 게 분명해요. 아마 저를 걱정하시느라고 그럴 거예요. 오즈마, 부탁이에요. 당장 아저씨에게 가야만 해요."

"어떻게 말이니?"

오즈마가 물었다.

"모르겠어요. 하지만 착한 마녀 글린다에게 가게 해 주세요. 글린다는 틀림없이 저를 도와줄 거예요. 그리고 헨리 아저씨에게 갈 수 있는 방법을 알려줄 거예요."

오즈마는 기꺼이 도로시의 계획에 찬성했다. 곧 목마가 분홍색과 녹색으로 칠해진 예쁜 마차에 매어졌고 두 소녀는 마차를 타고 착한 마녀를 만나기 위해서 길을 떠났다.

글린다는 두 소녀를 반갑게 맞이하고 도로시의 이야기에 귀를 기울였다.

"당신도 알고 있다시피 저는 마술 허리띠를 갖고 있어요. 허리에 그걸 두르고 헨리 아저씨에게 보내 달라고 명령을 하면 되지 않을까요?"

도로시가 물었다.

"네 말이 맞을 거야."

미소를 지으면서 글린다가 대답했다.

"그런 다음에 언제든지 다시 이곳에 오고 싶으면 마술 허리띠에게 명령을 내리면 되겠죠?"

도로시의 물음에 착한 마녀는 고개를 흔들었다.

"그렇지 않단다. 그 마술 허리띠는 오직 오즈의 나라나 이브의 나라 같은 환상의 나라에서만 마법의 힘을 가질 수가 있단다. 도로시, 네가 그걸 허리에 두르고 오스트레일리아에 있는 아저씨에게 가고 싶다고 소원을 빌면 그 소원은 문제없이 이루어질 수 있단다. 환상의 나라에서 소원을 빌었으니까 말이야. 하지만 그곳에 도착하고 나면 마술 허리띠는 사라져 버릴 거야."

"그럼 어떻게 되는 거죠?"

"없어지는 거지. 이전에 네가 오즈의 나라를 방문했을 때 도움을 받았던 은구두처럼 말이야. 아무도 다시는 그걸 보지 못하게 되는 거란다. 그렇게 마술 허리띠가 없어져 버리는 건 너무나 아까운 일이야, 그렇지 않니?"

도로시는 잠깐 생각을 한 후 말했다.

"그렇다면 공주님이 나라를 다스리는 데 쓸 수 있도록 마술 허리띠를 오즈마 공주님에게 주겠어요. 공주님이 나를 헨리 아저씨에게 보내라고 명령하면 마술 허리띠를 잃지 않아도 되니까요."

"현명한 생각이로구나!"

글린다가 칭찬했다.

도로시와 오즈마는 마차를 타고 다시 에메랄드 시로 향했다. 돌아오는 길 위에서 두 사람은 약속을 정했다. 매주 토요일 아침마다 오즈마 공주는 마법의 그림으로 도로시를 보고 있다가 도로시가 다시 오즈의 나라를 방문하고 싶다는 신호를 보내면 즉시 놈 왕의 마술 허리띠에 명령해서 도로시를 불러 오기로 한 것이다. 이와 같은 약속을 하고 도로시는 모든 친구들에게 작별 인사를 했다.

틱톡은 도로시와 함께 오스트레일리아로 가고 싶어했다. 그러나 도로시는 기계 인간은 결코 문명 국가에서 하인으로 지낼 수 없다는 것을 알고 있었다. 그리고 혹시 그의 기계 장치들이 고장이 날 수도 있었다. 그래서 도로시는 오즈마 공주에게 틱톡을 부탁하고 남겨 두기로 결정했다.

반면에 빌리나는 다른 어떤 곳보다도 오즈의 나라가 마음에 들었으므로 함께 가는 것을 거절했다. 빌리나는 또렷한 목소리로 선언했다.

"여기에 있는 벌레들이 세상에서 가장 맛이 좋아. 게다가 아주 풍부하거든. 그러니 나는 죽는 날까지 여기서 지내겠어. 그런데 내 친구 도로시야, 이 말을 하지 않을 수가 없구나. 그런 멍청하고 따분한 세상으로 다시 돌아가다니 너는 정말 바보야."

"헨리 아저씨에겐 내가 필요해."

도로시는 간단히 대꾸했다. 사실 빌리나만 제외하고 다른 사람들은 모두 도로시의 결정이 올바른 것이라고 생각했다. 오즈의 나라에서 도로시가 새로 사귀었거나 이전부터 알고 있던 모든 친구들이 도로시를 환송하기 위해서 궁전 앞에 모여들었다. 그들은 아쉬운 작별 인사를 하고 도로시가 오래 오래 행복하기를 빌어 주었다. 많은 친구들과 악수를 나눈 도로시는 다시 한번 오즈마 공주에게 작별의 입맞춤을 한 다음, 놈 왕의 마술 허리띠를 건네주며 부탁했다.

　"자, 공주님. 제가 손수건을 흔들면 저를 헨리 아저씨에게로 보내 주세요. 공주님과 허수아비, 그리고 양철 나무꾼과 겁쟁이 사자, 또한 틱톡과 모든 사람들을 떠나는 건 슬프지만 저는 헨리 아저씨가 보고 싶어요! 그러니 여러분 모

두 안녕히."

　도로시는 궁전 안뜰을 장식하고 있는 거대한 에메랄드들 중 하나에 올라섰다. 그리고 다시 한 번 친구들 한 명 한 명을 바라본 후 손수건을 흔들었다.

* * *

　"아뇨, 저는 물에 빠져죽지 않았어요. 그러니까 아저씨를 간호하고 돌봐 드리기 위해서 온 거예요. 헨리 아저씨, 금방 다시 건강해지겠다고 저에게 약속하셔야 해요."

　도로시가 말했다.

헨리 아저씨는 미소를 지으면서 작은 조카딸을 무릎 가까이 끌어당겼다.

"벌써 좋아지고 있단다, 귀여운 도로시."

헨리 아저씨는 행복하게 말했다.

〈오즈의 마법사 시리즈 3권 끝〉

계속되는 오즈의 이야기

최 인 자 (문학평론가)

1907년에 미국의 어린 독자들은 손꼽아 기다리던 반가운 소식을 듣게 됩니다. 바로 오즈 시리즈의 세번째 권인 『오즈의 오즈마 공주』가 출간된 것입니다. 〈오즈의 마법사〉의 열렬한 독자들은 『오즈의 오즈마 공주』를 특별히 더 열광적으로 환영했는데, 그 이유는 두번째 권인 『환상의 나라 오즈』에는 등장하지 않았던 도로시를 비로소 다시 만날 수 있게 되었기 때문입니다. 사실 『환상의 나라 오즈』도 아주 재미있고 신기한 이야기였지만, 도로시가 등장하지 않는 것에 대해 실망한 친구들이 아주 많았습니다. 어떤 독자들은 도로시가 나오지 않는 오즈 시리즈는 진정한 오즈 이야기가 아니라고 투덜댈 정도였습니다. 그만큼 캔자스의 순박하고 귀여운 소녀 도로시는 많은 사랑을 받았던 것입니다.

이제 『오즈의 오즈마 공주』에서 도로시는 좀더 어른스럽고 성숙한 모습으로 새로운 모험을 떠나게 됩니다. 헨리 아저씨와 아주머니의 건강과 안부를 걱정하고 집안일에 대해 책임감을 느끼는 도로시는 더 이상 철없이 초원을 뛰어놀던 어린아이가 아닙니다. 하지만 신기하고 새로운 모험에 대해 두려움을 갖지 않고 용감하게 도전하는 모습만큼은 조금도 변함이 없습니다.

도로시는 건강이 나빠진 헨리 아저씨와 함께 오스트레일리아로 여행을 떠납니다. 그러나 도중에 엄청난 폭풍을 만나 배에서 홀로 떨어지게 되지만, 도로시는 그다지 두려워하지 않습니다. 또 다른 모험이 자신을 기다리고 있다는 것을 믿고 있었기 때문입니다. 그리고 침착하고 용기있게 행동한다면, 어떤 위험도 극복할 수 있으리라 생각했습니다. 마침내 도로시는 오즈의 나라와 이웃하고 있는 이브의 나라에 도착하게 됩니다.

이브의 나라는 오즈의 나라와 같은 환상의 나라입니다. 이곳에는 도시락이 열리는 나무들이 있고 그 나무들을 지키는 바퀴 인간들이 있습니다. 하지만 이곳을 다스리는 이브의 왕은 죽고 왕비와 아이들은 놈 왕이라고 하는 지하 세계의 왕에게 붙잡혀 있습니다. 도로시는 오즈마 공주와 함께 불행한 운명을 맞은 한 가족을 구해내고 그와 더불어 혼란에 빠진 이브 왕국 전체를 구해내는 일을 맡게 된 것입니다.

이번 도로시의 모험에는 말하는 닭 빌리나가 함께 합니다. 빌리나는 수다스럽고 주책맞은 암탉이지만, 한편으로는 남들이 미처 생각하지 못하는 점을 지적할 수 있는 뛰어난 지혜를 가지고 있습니다. 지하세계에 사는 놈 왕의 손에서 친구들을 구해낸 것도 바로 빌리나였습니다. 결국 모든 모험이 끝난 후에도 빌리나는 오즈에 계속 머물기로 합니다. 빌리나처럼 똑똑하고 말 잘하는 암탉이 다시 현실 세계로 돌아와 평범한 암탉이 되어버린다면 그야말로 슬픈 일이겠지요.

빌리나 외에도 이 책에는 항상 배고픈 호랑이와 기계 인간 틱톡이 새롭게 등장합니다. 특히 태엽을 감아주면 말도 하고 생각도 할 수 있는 기계 인간 틱톡은 아마도 어린이 동화에 등장하는 최초의 로봇일 것입니다. 이렇듯 오즈의 나라에는 사자나 암탉같이 전통적으로 아이들에게 친근하고 익숙한 등장 인물들뿐만 아니라, 기계 인간 틱톡이나 서른 개의 머리를 가지고 있어서 수시로 얼굴을 바꿀 수 있는 랭귀데어 공주 같은 현대적이고 기계적인 이미지를 지닌 인물이 함께 살고 있습니다. 어쩌면 바움이 생각했던 환상의 나라 오즈는 마녀나 요정 같은 전통적인 마법의 힘과 더불어 놀라운 과학의 진보가 만들어내는 새롭고 신기한 기술의 힘이 공존하는 세계였는지도 모릅니다. 아니, 어쩌면 그 두 가지의 힘이 동전의 양면과 같아서 마법은 앞으로 이루어질 과학적 실현들을 미리 비추어주고 과학은 또한 끊임없이 마법의 힘을 현실로 이루어내는 것인지도 모릅니다.

이 책에는 물론 양철 나무꾼과 허수아비, 겁쟁이 사자와 같은 친근한 벗들도 다시 등장합니다. 그들은 조금도 변함 없는 모습으로 우리들을 즐겁게 해줍니다. 그리고 많은 친구들이 기대했듯이, 아름다운 오즈마 공주와 도로시는 세상에 둘도 없는 단짝 친구가 되어 새로운 우정을 맺습니다. 이번에도 도로시는 헨리 아저씨와 엠 아주머니에 대한 사랑 때문에 다시 오즈의 친구들과 헤어져 현실 세계로 돌아옵니다. 하지만 이제 놈 왕에게서 빼앗은 요술 허리띠 덕분에 도로시와 오즈마는 언제든 다시 만날 수 있게 되었습니다. 오즈마 공주는 날마다 마법의 그림을 보면서 도로시가 어떻게 지내는지를 지켜볼 것입니다. 그러므로 머지 않아 도로시가 다시 오즈의 나라로 돌아가리라 기대할 수 있을 것입니다.

오즈 시리즈의 작가 프랭크 바움은 세번째 권을 쓰면서 네번째 권을 쓰겠다는 것을 처음부터 염두에 두었다고 합니다. 언제 어느 곳이든 마음대로 갈 수 있고 불러올 수도 있는 놈 왕의 요술 허리띠는 바로 도로시를 다시 오즈의 나라로 초청하기 위한 복선 같은 것입니다. 그리고 과연 네번째 권에서 오즈마는 위험에 빠진 도로시를 요술 허리띠로 구해냅니다. 이제 오즈의 나라와 현실 세계 사이에는 두 소녀의 우정이라는 굳건한 통로가 놓이게 된 것입니다. 오즈마 공주가 도로시와의 약속을 지키고 친구들이 도로시에 대한 관심을 잃어버리지 않는 한, 우리는 언제나 계속되는 오즈의 이야기를 들을 수 있을 것입니다. ♣

오즈의 마법사 시리즈 3

오즈의 오즈마 공주 L. 프랭크 바움 지음

옮긴이 최인자
연세대학교 영어영문학과와 동 대학원 졸업.
1992년 조선일보 신춘문예 평론 당선으로 등단, 문학평론가.
번역서에는 『재즈』, 『천 그루의 밤나무』, 『톰 소여의 아프리카 모험』
『바로 그 이야기들』, 『해리포터와 불의 잔』 등이 있음.

지도 및 본문 컬러 작업 김은영

초판 1쇄 발행 2000년 5월 4일 | 개정판 3쇄 발행 2025년 06월 16일
옮긴이 최인자 | 펴낸이 김종해 | 펴낸곳 문학세계사
주소 서울시 마포구 신수로 59-1(04087) | 전화 02-702-1800
홈페이지 www.msp21.co.kr
이메일 munse_books@naver.com
팩스 02-702-0084 | 출판등록 제21-108호.(1979. 5. 16)

ISBN 979-11-93001-68-4 (03840)
ⓒ 문학세계사, 2000

환 상 의 나 라

스키저의 나라

가파른길

소망의길

햇님의 산

보라빛숲

구구숲

위대한 길리킨의 숲

길리킨강

몸비할머니와

아마도 도시

윙키의 나라

얼음도시

니키딕 마법사의 동굴

늪지대

어쩌면 강

다람쥐왕

회색늑대굴

서쪽마녀의 성

에메랄드 성

죽음의 사막

까마귀의 집

벌떼의 집

윙키강

회전목마의 산

양철나무꾼의 성

에메랄드시

곰의 집

거대한 과수원

속임수의 강

호박밭

회전하는 초원

윙키의 숲

굴뚝계곡

무시무시한 도시

탁자나라

북쪽

오르락 내리락 폭포

움직이는 도시

서쪽

N
W   Z   E

동쪽

큰봉우리산

당근산

마법의 숲

진실의 연못

남쪽

쿼들링의 나라

새빨간 산

남쪽산

글린다성

거대하고 쓸쓸한 사막

오 즈

건널 수 없는 사막

날개달린
원숭이들의 섬

오리온호수

시시한 도시

길리킨의
나라

착한북쪽마녀의 성

사파이어도시

호박머리잭이
태어난 들판

목마

명청한 올빼미와
현명한 당나귀

도로시의 집이
떨어진 곳

사람을 먹는 식물

시시한 도시

파란숲

양철나무꾼의
오두막

들쥐여왕이
사는곳

노란벽돌길

허수아비가
서 있던
옥수수밭

흐르는
모래사막

양귀비 꽃밭

록호수

워글벌레대학

뭉크킨의
나라

겁쟁이 사자를 만난 곳

수정산

뭉크산

이야기가
피어나는 산

파란산

도자기
인형들의 성

소나무숲

여행자의 나무

거대한 호수

망치미리사람들

시시한 도시